義妹にちょっかいは無用にて❶

馳月基矢

目次

主な登場人物

大平将太（二〇）

大平家の三男坊。六尺豊かな偉丈夫。手習所・勇源堂で師匠を務める傍ら、中之郷の旗本屋敷にも手習いを教えに行っている。「鬼子」であった過去を恐れ、極端なほど慎重に自分を律している。義妹の理世をことのほか大切にしている。

大平理世（一八）

将太の義妹。長崎の薬種問屋の娘で、江戸での縁談のため大平家の養女となったが、相手方の事情により破談。長崎にも戻れず、そのまま大平家の娘として暮らしている。舞を舞ったり月琴を弾いて中国語の唄を歌ったりなど、芸事が得意。

大平家

邦斎（五二）……将太の父、医者。医療において貴賤なしという信念を持ち、誰に対しても厳格な態度を貫く。将太や仲間たちの自由闊達な学問塾の夢に真っ向から反対する。

君恵（五〇）……将太の母。寡黙な邦斎の代わりに、きびきびとした物言いで口数が多い。旗本出身。健康的な体つきで年齢を感じさせない。

丞庵（二九）……将太の長兄、医者。大平家の嫡男。もともと物静かな上、多忙を極めるため、妻とすれ違いが生じている。

初乃（二六）……丞庵の妻。旗本出身。おとなしく、体つきも儚げな印象。

卯之松（七）……丞庵の息子。友達がほしくて勇源堂の筆子になる。

臣次郎（二八）……将太の次兄、医者。独り身で神出鬼没。いつも将太をからかうようなそぶりを見せる。

カツ江（六〇）……大平家で古くから働いている女中。他の奉公人に「鬼子」として疎まれる将太に対し、辛抱強く世話を焼き続けている。

長谷川桐兵衛（五二）……大平家の用人。顔かたちや体つきが四角く、態度も四角四面。理世はこっそり「真四角」と名づけている。

ナクト……理世が長崎から連れてきた黒い雄猫。名はオランダ語で「夜」を意味する。曲がった尻尾は生まれつき。屋敷では「クロ」と呼ばれている。

イラスト／Minoru

将太の学問仲間

吾平(二一) …… 将太が寄宿していた儒者の屋敷の下男。主が長崎へ行ってしまったのを機に、江戸に出てきて将太のそばで働く。

霖五郎(二三) …… 紀州の裕福な材木問屋の末息子。多様な学派を渡り歩いてきたため博識だが、各方面から敵視・嫉妬されている。

朱之進(二三) …… 江戸でたまたま仲間に加わった。算額に秀でている。旗本の子息であるらしく、姓は「橘」と名乗るが……。

元祖・兄妹チーム

白瀧勇実(二六) …… 前シリーズ「妹おり」の主人公。今は昌平坂学問所で史学の教導の任に就いている。もとは手習いの師匠をしていた。将太にとって恩師の一人。妻の菊香にベタ惚れしている。

菊香(二二) …… 勇実の妻。おっとりしているように見えるが、剣術や体術は相当な腕前。家事の達人で、ぐうたらなところのある勇実をよく支えている。勇実の溺愛ぶりはまんざらでもない様子。

矢島龍治(二四) …… 剣術道場の跡取り息子で師範代。小柄だが身のこなしが巧みで、凄まじく強い。将太が「鬼子」から人の子になるための第一歩を導いてくれた恩人。妻の千紘との仲は昔から安泰。

千紘(二〇) …… 龍治の妻で、勇実の妹。将太とともに手習所・勇源堂の師匠を務めている。しっかり者で元気がよく、将太に対しては姉のような態度で接している。龍治に大切にされてご満悦の日々。

手習所・勇源堂と矢島道場

白太(一四) …… のんびり屋で、絵を描くのが得意。

桐(一二) …… 御家人の娘。女の子のリーダー。

久助(一二) …… 鳶の子。男の子のリーダー。

良彦(一二) …… 鋳掛屋の子。久助の相棒。

十蔵(一〇) …… かわいい顔のしっかり者。

寅吉(二〇) …… 矢島道場の門下生で下っ引き。剣術の腕はからっきしだが、聞き込みは得意。筆子たちからは友達扱いされている。

浅原直之介(三四) …… 矢島家の隣の屋敷に住む、独り身の御家人。英雄物語の本をたくさん持っており、筆子たちに懐かれている。将太たちが目指す自由闊達な学問塾にも賛同の意を示す。

義妹《いもうと》にちょっかいは無用にて①

第一話　手習所《てならいじょ》「勇源堂《ゆうげんどう》」の師匠《ししょう》

一

「兄さま！」

上り坂の少し先のほうで、妹の理世《りよ》が振り向いた。日傘《ひがさ》の影の下、白く小さな顔は、嬉しそうに微笑《ほほえ》んでいる。

大平将太《おおひらしょうた》は、まぶしく感じて目を細めた。

「どうした、理世？」

「江戸《えど》にも坂道があるとね。この道、長崎《ながさき》に少し似とる」

華《はな》やいだ声を弾ませ、踊るように日傘を掲《かか》げる。年は十八。娘らしい島田髷《しまだまげ》に結った髪は、日の光を浴びると、不思議な風合いにつやつやと輝いた。髪がいくぶん茶色がかっているためだ。

理世が、生まれ育った長崎から江戸へ出てきて、そろそろ十か月になる。近頃では、お国訛《くになま》りを出さずに話せるようになってきた。

ただ、すぐ上の兄である将太の前では、時折こうして肩の力を抜き、ぽろりと素地《そじ》をのぞかせもする。

武家らしくお堅い両親であれば、理世の言葉遣いを咎《とが》めるところだろう。だが、将太は何も言わない。理世が話しかけてくれるのなら、お国訛りだろうが江戸の言葉だろうが、オランダ語や唐話《とうわ》であったって、かまわない。

将太は、理世の日頃のおしゃべりに出てくる場所を頭に思い描いた。出歩く先は、さほど多くない。いずれも本所亀沢町《ほんじょかめざわちょう》にある大平家の屋敷から遠くないあたりか、別邸のある亀戸《かめいど》の近所ばかりだ。

「本所や亀戸は平らだからな。江戸にも坂がちなところはあるが、理世は出向いたことがなかったか」

「なかった。あんまり遠出はしとらんと。湯島《ゆしま》も初めてよ」

「そうか。勇実《いさみ》先生に招いてもらえて、ちょうどよい機会になったな。今日はよく晴れているし、景色もきれいに見えるな」

「はい！」

湯島天神《てんじん》の高台へと続く急な上り坂をものともせず、理世は軽やかに足を運んでいく。

初秋七月の昼八つ半（午後三時頃）。西に傾きかけたお天道さまが、木漏れ日《こもれび》となって降り注いでいる。

蟬《せみ》しぐれは、真夏のいっときよりは静かになってきた。しかし残暑はまだまだ厳しい。日差しが強く、ちょっと外を歩いただけで、汗が噴き出す。

将太は二本目の手ぬぐいを取り出し、顔や首筋の汗を拭《ぬぐ》った。若武者で筋骨隆《りゅうりゅう》々とした将太は、人より汗かきだ。暑い時季には、手ぬぐいが何本あっても足りない。

千紘《ちひろ》が息を弾ませている。

「ちょっと待って、理世さん。わたし、この坂道をそんなに早く歩けないわ」

苦笑する千紘は、今では若妻らしく丸髷《まるまげ》を結っている。つい二月ほど前、幼《おさな》馴染《なじ》みの矢島龍治《やじまりゅうじ》に嫁《とつ》いだのだ。祝言《しゅうげん》を挙げたのは、梅雨《つゆ》の五月《さつき》の晴れ間の吉日だった。

「すまないな。理世は久しぶりにゆっくり出掛けられるとあって、はしゃいでいるんだ」

「はしゃいでいるのはわたしもよ。気持ちだけはね」

「長崎は坂の町なんだそうだ。理世はこういう道に慣れているんだろう」

「身が軽いわよね、理世さん。踊りか何か、ずっと稽古《けいこ》してきたのではないかしら」

「ああ、そのとおりだ。踊りをやっていたらしい。今はやめてしまっているが、体を動かすのは好きなんだとか」

「それに引き替え、わたしは踊りや剣術の稽古をしたことも体を鍛《きた》えたこともないし、筆子《ふでこ》たちの相手でくたびれ果てているんだもの。ゆっくり行くしかないわ」

やれやれと頭を振る千紘の顔つきは朗《ほが》らかだ。

千紘は、将太とともに手習所「勇源堂《ゆうげんどう》」で筆子たちの師匠を務めている。今年の正月に突然、二人で手習所を取り仕切ることになったときは大変だった。余裕などあるはずもなく、お互い暗い顔ばかりしていた。

あれから半年ほど手探りを続け、筆子たちとも話し合いを重ねた。手習所に勇源堂という名をつけた近頃になって、ようやくうまくいき始めた手応えがある。

千紘とは同い年の幼馴染みで、気心が知れている。その気安さがあればこそ、どうにか力を合わせてここまで来られたのだ。

理世は、足を止めてこちらを向いた。くるり、くるりと日傘を回しながら、将太と千紘が来るのを待っている。

湯島天神に詣《もう》でてきたらしいどこぞの若旦那《わかだんな》とお供の小僧が、吸い寄せられるように、理世へまなざしを向けていた。

無理からぬことではある。が、将太は眉間《みけん》に皺《しわ》が寄るのを感じた。

なるほど理世は人形のように整った姿かたちをしている。それが笑ったり動き回ったりすると、はっと胸を打たれるほどに愛らしいのだ。

しかしながら、理世は見世物ではない。見も知らぬ者がじろじろと無遠慮なまなざしを投げかけてくるのは、将太にとって気分のよいものではなかった。

将太は声を上げた。

「理世、この兄からあまり離れるな！」

若旦那と小僧がぎょっとしたのが目の端に映る。さもありなん。小さくて愛らしい理世とは裏腹に、兄と名乗った将太は六尺豊かな偉丈夫《いじょうふ》である。将太より背の高い者、胸板の厚い者など、めったにいない。

鬼のような大男、と将太は自分を評している。

だが、理世はそんな兄を少しも恐れない。

「はい」

鈴を鳴らすように可憐《かれん》な声で返事をして、くるりと日傘を回す。

姿かたちが似ていないのも当たり前だ。将太と理世は、血のつながった兄妹《きようだい》ではない。理世は、江戸の旗本《はたもと》と縁づくことが決まったため、生まれ故郷の長崎を離れ、たった一人で江戸へやって来た。そして将太の家の養女になったのだ。

結局のところ、縁談は相手方の事情のために反故《ほご》にされてしまった。行くあてのなくなった理世は、そのまま将太の義妹《ぎまい》として、一つ屋根の下で暮らしている。

新たな縁談が調えば、理世はそちらへ嫁いでいくことになる。将太は、理世の兄として、巡《めぐ》り会ったばかりの義妹の行く末の幸せを願っている。

だから、理世が本当に心を寄せる男が現れるまでは、将太が理世を守るのだ。

かわいい義妹であればこそ。

千紘が息を切らしながら、せかせかとした早足で理世のほうへと急ぐ。

理世と千紘の荷物を持った将太は、千紘から遅れず、理世から目を離さないようにして、ずんずんと坂道を上った。

将太は、本所亀沢町に屋敷地を拝領している御家人《ごけにん》、大平家の三男坊である。文政《ぶんせい》七年（一八二四）の今、年は二十。

大平家は御家人の家柄であるが、三代前の当主、将太の曽祖父《そうそふ》の頃からご公儀のお役には就《つ》いていない。曽祖父は医者として大成した。以来、大平家は腕の立つ医者を輩出《はいしゅつ》する家柄として知られるようになっている。

将太の父を筆頭に、大平家に連なる男は医者ばかりだ。

唯一のはみだし者が将太である。

将太は自分自身のことを、まだ何者でもないと思っている。二十になり、体のほうは抜きんでて大きいのだが、中身はいまだに中途半端なのだ。

学問をかじりはしたし、手習所で師匠と呼ばれる身ではある。しかし、子供たちを教え導くどころか、子供たちから教わることばかりの毎日だ。

いつになったら、自分を一人前だと認められるようになるのか。いや、そもそもそんな日など来ないのだろうか。

「何せ、俺は大平家の鬼子《おにご》だから」

鬼子というのは、将太が幼かった頃、父が将太に向けて放った言葉だ。物心つくのが遅く、十を数えるあたりまでの思い出はほとんど曖昧模糊《あいまいもこ》としているのだが、「大平家の鬼子」と将太を呼んだ父の声だけは、妙にくっきり頭に刻まれている。

確かに、その頃の将太は、人の言葉の通じない子供で、鬼と呼ばれても致し方なかった。

この口から飛び出すのは怒鳴り声か唸《うな》り声ばかりだったそうだ。じっと座って字を書くことも、膳《ぜん》の前から一度も立たずに食事を終えることさえ、ままならなかったらしい。

しかも体ばかりは大きく、力の加減というものがまったくできなかった。じっとさせようにも、大人のほうが力負けして怪我《けが》をするありさまだった。言葉で説《と》いても駄目。力で押さえ込むこともできない。こんな将太に人間の知恵が備わっているなど、家族には信じられなかったのだろう。

「大平家の鬼子。人間の父と母から生まれた、化け物のような子供」

そう呼ばれていた頃のことを、手習所や剣術道場の恩師たちに尋ねると、言葉を選ぶようなそぶりで「幼い頃の将太はなかなかの暴れ者だった」と言う。

当時はどれほどまわりに迷惑をかけたことか。今となっては恥じ入るばかりだ。将太が教える筆子には、そこまで手を焼かせる暴れ者などいないというのに。

だから、将太は肝《きも》に銘《めい》じている。

「俺は、恩に報《むく》いたい」

あの頃の将太から迷惑を被《こうむ》りながらも、見放すことなく世話を焼いてくれた人たちには、必ず報いなければならない。家族にさえ見限られていた将太は、師と呼びうる人たちとの出会いによって救われたのだ。

二

昌平坂学問所《しょうへいざかがくもんじょ》に勤める白瀧勇実《しらたきいさみ》の屋敷地は、学問所からもほど近い湯島の高台に与えられている。本所相生町《あいおいちょう》の屋敷からそちらに移って、二月余りが過ぎたところだ。

勇実は先日の夕刻にふらりと本所を訪れ、将太たちのもとに顔を出した。

「久しぶりだな、将太。おお、この手習所も、何となく変わったじゃないか。筆子たちの字を貼り出しているのか。皆、いい字を書くものだ。おや、この名は知らない。新しい筆子を迎えたんだな」

そのとき将太は勇源堂の掃除をしているところだった。勇源堂は矢島家の離れで営んでいる。矢島家の若奥さまである千紘は、母屋《おもや》に戻った後だった。

将太は唐突《とうとつ》のことにびっくりしながらも、勇実に応じた。

「勇実先生から引き継いですぐの頃は、俺も千紘さんも筆子たちが暴れるのを止められず、障子《しょうじ》を破ったり壁を汚したり、なかなかひどかったんです。壁の汚れをごまかすために、こうして皆の字を貼り出してみたら、破ってはいけないからと、ちょっとおとなしくなってくれました」

「怪我の功名《こうみょう》ということか。あの子たちと向き合っていると、そんなふうに、思いもかけないことが起こるよな。それがおもしろいし、そのおかげで、はっと胸をつかれるときもある」

勇実は懐《なつ》かしそうに目を細めた。

「お暇《ひま》があるなら、筆子たちにも会いに来てやってくださいよ。きっと喜びます」

「そうだな。少し面映《おもは》ゆい気もするが。ところで、将太はどうだ？　暇がつくれるようなら、湯島に遊びに来てみないか？　こちらの暮らしもずいぶん落ち着いてきたんだ」

「遊びに？　いいんですか？」

「もちろん。久方ぶりに、皆で一緒に夕餉《ゆうげ》でもどうかな？　将太と千紘と、龍治さんと、将太の妹御《いもうとご》の理世さんも一緒に来たらいい。妻が、腕によりをかけて料理を振る舞う、と張り切っていてな」

妻、と誇らしげに言った勇実に、将太は何だかほっとした。

毎日でも顔を合わせられた日々が、ひどく遠い昔のように感じられた。ほんの二月余りだというのに、一緒に夕餉でもという約束があまりに嬉しくて、将太は胸が詰まった。

そうなるともう、言葉が出なくなる。せめてにこにこと笑って喜びを表そうと思ったのに、目頭が熱くなってくるので困った。

将太の喜怒哀楽《きどあいらく》はすべて、じかに涙と結びついている。まるで子供だ。大人になれば「ちょっとしたこと」のはずの出来事にさえ、ひどく心を揺さぶられてしまい、涙が湧いてくるのだ。

そのことは、むろん勇実もよく知っている。

「将太、そんなに嬉しいのか？　顔を合わせて話すだけでこうも喜んでもらえると、私も嬉しいぞ」

勇実はからかいもせず、春の日差しのように優しく微笑んだ。将太はとうとう耐えられなくなって、笑いながら涙をこぼしてしまった。この人のようになりたい、と目指している人でもある。

白瀧勇実は、将太にとって恩師の一人だ。その齢に似合わぬほど漢学に秀《ひい》でている。勇実は将太より六つ年上で、二十六。しかし、その齢に似合わぬほど漢学に秀でている。唐土《もろこし》の史学においては右に出る者がないほどに知識が広い。

漢学者としての勇実について、将太が「恐ろしい才と知を持つ人だ」と感じるのは、どんな時代の、どんな立場の人が書いた漢文であっても、さらりと読みこなしてしまうところだ。

たとえば、孔子《こうし》の言行を弟子がまとめた『論語《ろんご》』は二千年以上前の書物だ。その文章は簡潔《かんけつ》で、そのため素読《そどく》によって子供でも諳《そら》んじることができる。だが、簡潔であるがゆえに、後の世にはさまざまな注釈書《ちゅうしゃくしょ》が編まれることとなった。

「戦の世と泰平の世では、人々のものの考え方が変わって当然だ。同じ時代にあっても、帝《みかど》のそば近くで政《まつりごと》をおこなう文官と、異郷で軍を率いて戦陣を敷く武官では、その筆が生み出す文もまるで異なるものだからね。どちらの文であれ、著者の生きざまを垣間見《かいまみ》ることができて、私は好きなんだ」

勇実はさらりと、そんなことを言う。書物に記された中身だけでなく、その書物が著《あらわ》された時代のあり方や著者の人生にまで思いを馳せる余裕があるのだ。

「古典に通じた文官による儒学《じゅがく》の書は、まさしく正統といったところだな。要所要所に、まるで詩のような四六文《しろくぶん》を配してあるのが実に見事だ。また一方、武官が戦場で書き綴《つづ》る淡々とした日記に、思いがけず孔子の言葉が引かれていたりする。かの人もまた、私たちと同じように、幼い頃には手習いの師匠のもとで素読をしていたのかもしれない。そう思うと、親しみが湧くだろう？」

将太は、勇実が生き生きと唐土の歴史を語るのを見聞きするたびに、『論語』の一節を思い出す。

子《し》曰《いわ》く、之《これ》を知る者は之を好む者に如《し》かず。之を好む者は之を楽しむ者に如かず。

楽しむという境地に自分はまだ至っていない、と将太は思う。学問を修めることは好きだが、それについて語るとき、どうしても「えい！」と気合いを入れてしまう。勇実のように肩の力を抜いて語れるようになるのは、いつになることか。

いや、しかし、いにしえの漢文というものはやはり、やすやすとは読みこなせないのだ。

将太が学んだ漢文は唐代《とうだい》の書物を教本としていたので、それより古い時代のものは言葉足らずな気がして意味が取りにくい。唐より後の時代の文章は、時代が下るにつれてごちゃごちゃと雑味が増え、何だか流麗《りゅうれい》さに欠ける気がする。

つまり、将太にとって、唐代に書かれたもの以外の漢文はどうにもしっくりこない。

それなのに、勇実には不得手《ふえて》がない。将太自身、それなりに学びを深めてみたからこそ、勇実の才の凄まじさが身に染みてわかる。

こつがあるのか、何か工夫をしているのかと尋ねても、まともな答えが返ってこない。「勘だ」とか「何となく」とか、首をかしげながら言うばかり。あれはもう神通力《じんつうりき》の類《たぐい》なのだと、将太は思うことにしている。

とにかく勇実はすごいのである。

初めて出会った頃、将太が八つかそこらで、勇実は十代半ばだった。当時のことはよく覚えていないが、初めのうちから「勇実先生」と呼んでいたはずだ。

十代半ばであれば、まだ手習いに通う側の者も多い。ところが、勇実はとうに自分の手習いなど終えてしまって、父源三郎《げんざぶろう》の営む手習所で、父とともに筆子たちに読み書きそろばんを教えていた。

将太が十二の頃に勇実がぽろりとこぼしたのは、「今の将太の年の頃に、教える側に回ったんだ」という一言だった。十二の将太は勇実の早熟ぶりに舌を巻き、きっと一生かなうことはないと思い知ったのだ。

勇実の父の源三郎もまた、この上ないほどの師匠だった。幼かった将太がどれほど頓珍漢《とんちんかん》なことを尋ねても、きちんとその問いを解きほぐし、物事の核心を答えてくれる人だった。

「源三郎先生は、辛抱強くて優しい。俺のこと、待ってくれる。そんな大人がいるって、俺、思ってなかった、でした。ああ、えっと、思っていませんでした」

年のわりに拙い言葉で告げれば、源三郎は、春の日差しのように優しく微笑んでくれた。

源三郎の丁寧《ていねい》な導きを得て、将太は次第に鬼子から人の子へと生まれ変わることができた。

字を書くのと、話を聞くのと、耳で聞いた言葉を覚えるのと、将太は同時にできない。三つの事柄をしっかり切り離せば、うまくできる。それに気づいてくれたのが源三郎だった。

源三郎は、将太がどれほどひどい字を書いても、間違った文を綴っても、途中で止めずに最後までやらせてくれる。ひと区切りついてから、「この字はこうだ」「ここはうまくできるようになった」と話を聞かされると、将太の頭はごちゃごちゃにならずに済んだ。

「誰にでも、得意なことと苦手なことがあるものだ。苦手なことにばかり目を向けて、うつむいてしまう必要はない。将太の得意なことを、得意なやり方で伸ばしていこう」

繰り返し説き聞かせてもらった言葉は、今でも将太の宝物だ。

源三郎は根気強く、将太の得意なやり方を探してくれた。

ものを覚えるとき、繰り返し紙に書くほうがいい者と、耳で聞いて声に出して繰り返すほうがいい者がいる。将太は後者だった。四書五経《ししょごきょう》でも、百人一首《ひやくにんいっしゅ》でも、源三郎の好きな『万葉集《まんようしゅう》』でも、将太は源三郎の声によって覚えた。それらを口ずさみながらまず頭に浮かぶのは、文字の連なりではなく、源三郎の穏やかな面差《おもざ》しだ。

一事が万事、そんなふうだった。人一倍、目も手もかけてもらった。遅れに遅れていた学びは、源三郎がじっくり腰を据《す》えて見守ってくれたおかげで、人並みに追いついた。より深く、より多くを学びたいと望めば、「では遊学に出てみるのはどうだ？」と勧めてくれた。

遊学。江戸を離れ、よその地に赴いて、学ぶためにこそ日々を過ごすことだ。

「将太よ。京に親戚の伝手《つて》があるそうじゃないか。ああ、お父上ともお話ししてみたのだよ。お父上は戸惑っておいでだったが、反対はしていらっしゃらない。だから将太、すぐにとは言わんが、京に出てみるのはどうだろう？　むろん江戸にいても学問はできる。しかし、将太に江戸は狭すぎるように見えるのだ」

いにしえより日《ひ》の本《もと》の都である京はまた、いにしえより学問の町でもあった。江戸ほど人の多いところではないが、学問にせよ戯作《げさく》にせよ、優れた書物が京の版元から世に出されている。

遊学など思い描いたこともなかったが、源三郎の穏やかな声で説かれた途端、自分が行くべき道が見えた。

本当は、遊学に出るまでじっくりと、もっとたくさんのことを源三郎に教わっておきたかった。

恩師との別れは、唐突に訪れた。

もともと体の強いほうではなかった源三郎は、将太が十四の頃、風邪《かぜ》をこじらせて亡くなったのだ。

将太は泣いた。何が起こったのか呑み込めないまま、取り返しのつかないことだけは理解できて、ただ泣くよりほかなかった。

うまく立ち直れないままの将太を、勇実が京への旅に送り出してくれた。

「今だからこそ旅立つんだ、将太。おまえはここで立ち止まっていてはいけない。おまえが尊敬していた源三郎先生は、おまえに何を望んでいた？　さあ、精いっぱい学んで、楽しんでこい」

ほとんど荒療治《あらりょうじ》のようにして京へ送り出されたことが、将太の心を守った。

恩師の死を忘れ去ったわけではない。が、新しく目に飛び込んでくるものたちの鮮やかさに、将太は夢中になることができた。

十五の年から二年ほど、将太は京で遊学していた。

聞いていたとおり、京の都は江戸ほど大きくはなく、人もさほど多くはなかった。しかし、学問も芸事も洗練されていた。版木屋《はんぎや》が多く、江戸でも名の知れた書物が実は京で刷られていた。

さまざまな種の学問が京に集まっているのは、ご公儀の目が届きにくいからかもしれない。将太が寄宿した屋敷の主《あるじ》が、そんなふうにこっそり言っていた。

千代田《ちよだ》のお城は江戸を隅々まで睥睨《へいげい》している。それに比べて京の都では、江戸から遣わされる京都町奉行こそいるものの、江戸ほど武家の役人に見張られてはいない。

京では、オランダ流医学を漢方医学に取り込むことが、昔から盛んなのだという。日の本で最初の観臓《かんぞう》は京でおこなわれたほどだ。観臓というのは、亡骸《なきがら》の腹を裂いて臓腑《ぞうふ》のありさまを知ることだ。オランダ流医学の外科においては、必ず観臓をおこなうものとされている。

儒学の教えに照らせば、いかに罪人といえど、体をばらばらにすることは忌避《きひ》の念が湧く。

「オランダ流の医者には、そういう思いはないのでしょうか？」

戸惑いながら尋ねてみれば、寄宿先の主はあっさり答えた。

「仕組みを知らずば、病を治すも何もあるまい。人の体を治すべき医者が、人の体のありさまを知らぬというのは、怠慢《たいまん》ではないか」

儒者でありながら、オランダ渡りの珍品が大好きな人だった。変わったものを手に入れては、将太やほかの若い学者たちを驚かせることを楽しみとしていた。

そんな風変わりな人のところに身を寄せていたおかげもあって、なるほど、と目を開かされることもしばしばだった。

むろん、将太は自分の考えの及ぶ範囲など大したことはないと知っている。だが、源三郎や勇実から教わったことでさえ、小さな箱の中に収めてしまえる程度のものだと知ったのは、衝撃が大きかった。

将太が恩師たちにもらったのとは違う箱を、ほかの人間は持っているのだ。勇気を出して他人の箱を見せてもらえば、おもしろい驚きの連続だった。将太は、出会う人ごとにおすそ分けをもらい、江戸にいた頃より一回りも二回りも大きな箱を手にすることになった。

そして将太は江戸に戻ってきた。三年前、十七の年の初冬のことだ。

出迎えてくれた勇実の笑顔は、思い出の中にあるものよりもずっと、源三郎に似ていた。将太は勇実に、以前から考えていたことを告げた。

「これからは江戸で学び続けながら、手習いの師匠をやろうと考えています。勇実先生の手習所で見習いをさせてもらえませんか」

勇実は快く将太の申し出を受け入れてくれた。

「もちろんいいとも。将太がそんなふうに申し出てくれるとは、父もきっと喜んでくれる」

その日に勇実が拓《ひら》いてくれた道をまっすぐに、今、将太は進んでいる。

本所から湯島への家移《やうつ》りのとき、将太は荷運びの手伝いで、新たに勇実が拝領した屋敷に行ったことがある。

その折はまだ掃除の途中で、畳《たたみ》や障子も替えていなかったので、ひどいおんぼろ屋敷に見えた。生け垣は枝の折れたところがあり、板塀は腐って割れて中がのぞけていた。

二、三年の間、その屋敷には誰も住んでいなかったらしい。たったそれくらいの間ほったらかされるだけで、家というものはこうも荒れるのか。幽霊《ゆうれい》か妖怪《ようかい》か狐《きつね》か狸《たぬき》が巣食っていそうな屋敷の様子に、将太は内心、ぞっとしていた。

大らかな勇実は、多少古びたものでも汚い場所でも気に留めない。とはいえ、さすがに新居の荒れ具合には苦笑していた。

「菊香《きくか》さんは戸惑うだろうなあ。まあ、じっくり気長に構えて、追々《おいおい》住みやすい家にしていくさ」

新妻の名を口にしたのは、面倒くさがりな自分を奮い立たせるためだったのかもしれない。

ただ、家移りの日の様子だと、菊香は蜘蛛《くも》だろうが蚯蚓《みみず》だろうが少しも恐れていなかった。埃《ほこり》だらけなのも床に穴が開いているのも大して気に留めず、平然として掃除を進めていた。肝の据わった人だ。

あれから二月ほどを経た今、屋敷は見違えるようにきれいになっていた。

勇実が描いてくれた道案内の絵図のとおりに進んでいくと、元気のよい青葉を茂らせた生け垣と、木目のくっきりとした真新しい板塀が目に留まった。

簡素な木戸門は開かれていた。

庭先に、勇実が出てきていた。背丈ほどの高さのくちなしの木を、見るともなしに眺めている。その穏やかな横顔に、将太は何だかほっとした。

「勇実先生、待っていてくれたんだな」

「案外、楽しみにしてくれていたのかもしれないわね。兄上さま、まいりましたよ！」

千紘が声を掛けるのと、勇実がこちらに気づくのと、同時だった。

「おお、来たか。暑い中、わざわざありがとう。理世さんも、久しぶりですね」

柔らかな物腰の勇実に、理世はぺこりとお辞儀《じぎ》をした。

「わたしまでお招きくださり、ありがとうございます。このあたりは初めて来たんです。江戸にも坂道があるんですね。少し驚きました。わたし、あまり本所から出ないので」

「この湯島だとか、ここより少し北に行ったあたりの上野《うえの》や根津《ねづ》や本郷《ほんごう》、ここより西の牛込《うしごめ》、神楽坂《かぐらざか》のあたりは、坂道ばかりですよ。将太、たまには理世さんを連れて江戸の見物をすればいい。手習所のほうにも慣れてきたんだろう？」

水を向けられた将太は、どう答えたものかと思った。勇実を安心させたいが、嘘偽《うそいつわ》りを言うわけにもいかない。

「確かに慣れてはきたんですが、ゆとりがあるかと言えば、まだまだそうでもなくて。近頃も毎日、筆子たちが帰った後に千紘さんと、ああでもない、こうでもないと話し合っています。だから、理世と出掛けるのも久しぶりで」

「将太兄上さまは頑張っていて、いつも忙しいんです。わたし、わがままなんて言えません。お出掛けはときどきでいいんです。今日みたいに」

健気《けなげ》なことを言う理世に、将太は「すまんな」と謝った。理世はにっこり笑ってくれながら、首を左右に振る。

勇実が目を門の外へ向けている。探し物をするような目だった。千紘が先回りして夫の名を口にした。

「龍治さんなら、捕物《とりもの》のことでちょっと立て込んでいて遅れると言っていました」

「岡本《おかもと》さまに呼び出されたのか？　また捕物の手が足りていないとか」

巷《ちまた》で「厄除《やくよ》けの岡達《おかたつ》」と呼ばれる岡本達之進《たつのしん》は、北町奉行所《きたまちぶぎょうしょ》の定町廻《じょうまちまわ》り同心である。年は四十を超えているが、すらりとした姿は洒落《しゃれ》ていて、男ぶりもよければ気前もいい。しかも腕が立つとあって、町人の間で人気が高い。将太も幾度となく捕物の場で顔を合わせている。

千紘の夫であり、勇実の親友である矢島龍治は、父与一郎《よいちろう》が師範を務める剣術道場の跡取り息子だ。道場では、「相手が悪党であっても決して斬ってはならず、捕らえて裁きの場に引っ立てる」というのを是《ぜ》としている。その教えの甲斐《かい》もあって、道場では与一郎の先代の頃から奉行所の捕物に手を貸している。

以前は勇実もともに捕物の場へ駆り出されていたものだ。しかし、正月に悪漢と戦って大怪我をしてしまい、しばらく臥《ふ》せっていた。あのときは本当に、勇実が死んでしまうのではないかと、恐ろしかった。

起きて動けるようになった今も、勇実は怪我をする前より痩《や》せたままだ。道場で一、二を争う手練《てだ》れだったが、目方も膂力《りょりょく》も落ちた今、どうなのだろうか。

湯島に移っても素振りや型稽古などは続けているらしい。だが、すっかり弱っていた頃の勇実の様子が、まだ将太の頭から離れない。またひどい傷を負ってしまうかもしれない危地《きち》へ、勇実を連れ出すことなど、できるはずがない。

そのあたりは、龍治が特に強く感じているらしい。こたび、岡本から「腕の立つのを幾人か寄越してほしい」という求めがあったとき、手が足りないのではと思われてさえも、「勇実さんには面倒をかけない」と宣言したくらいだ。

千紘が勇実の問いに答えた。

「岡本さまのところ、赤ちゃんが生まれて、まださほど経っていないでしょう？　なのに、目が回るほどの忙しさで、ろくに赤ちゃんの顔を見ることもできていないんじゃないかって、岡本さまの下で捕り方を務める皆が気にして、何とかして仕事を肩代わりしよう、早く帰してやろうと、動き回っているんです」

「ああ、そうだったな。岡本さまのところ、男の子と言っていたっけ。元気なのか？」

「母子ともにお元気だそうですよ」

それはよかった、と勇実は微笑んだ。

あの感じだと、勇実先生のところは赤子はまだなのだろう、と将太は思った。

何となくの直感だ。そんなことを勘繰《かんぐ》ってしまった自分に、気まずさを覚える。

日頃の勇実はまさしく聖人君子のように清廉《せいれん》な様子だし、妻の菊香も女のなまなましさを感じさせない人だ。とはいえ、それは将太や筆子たちに見せる顔に過ぎないはず、ということくらいは将太でも察している。

将太は気まずさをごまかしたくて、違う話を切り出した。

「それにしても、屋敷がずいぶんきれいになりましたね。生け垣や板塀もすっかり見違えて、本当にこの屋敷だろうかと思ったんですよ」

「そうだろう？　まず直したのが生け垣と塀だったんだ。私ひとりの住まいなら、外からのぞかれるくらいどうってこともないんだが、大事な菊香さんを不埒《ふらち》なよそ者に見られてしまうわけにもいかないからね」

さらりと言ってのけた勇実の言葉を、将太は思わず繰り返した。

「大事な菊香さん」

勇実は、さも当然とばかりにうなずいた。

「私にとって天女《てんにょ》のような人だ。美人は三日で飽きるなどと言う者もいるが、菊香さんはただ美しいだけではないからね。三百年そばにいたって飽きるものか」

凄まじいばかりの惚気《のろけ》である。勇実先生はこんなことを言ってのける人だっただろうかと、将太は目を白黒させた。理世が隣で将太を見上げ、くすりと笑う。

縁側に、すらりとした女の姿が見えた。話題の人、勇実の妻の菊香である。庭で話す声が耳に届いたのだろう。

千紘がぱっと顔を輝かせた。

「菊香さん！　久しぶりね。元気にしていましたか？」

千紘にとって菊香は、兄嫁である前に、自分の親友なのだ。弾むような足取りで庭を突っ切り、菊香のもとへ駆けていく。

菊香も縁側から庭に降りて、飛びついてきた千紘を抱き留めた。

「元気ですよ。千紘さんもお変わりないようで」

「もちろん、わたしはいつだって元気よ。お屋敷の掃除が大変だったと聞いたけれど、菊香さん、くたびれていない？」

「平気です。毎日、手を動かせば動かすだけ、屋敷の様子が変わっていくのです。張り合いがあって、楽しかったのですよ」

ほっそりとしてたおやかそうな菊香だが、お城で番方《ばんかた》を務める父に仕込まれた剣術や武術の腕はかなりのものだ。体力もあって働き者でもある。

勇実が誇らしげに言った。

「毎日、勤めから帰ると、朝よりも屋敷がきれいになっているんだ。障子や畳、雨戸を取り替えて、押入れの中や床下、天井裏まで掃除をしたと言っていたな。改めて、私の妻はすごい人なのだと思ったよ」

「勇実先生が臥せっていたときも、看病をする菊香さんはそんなふうでしたよ。なぜそこまでできるんだろうと不思議になるくらい、あれこれ気づいて、一人で何でもやってしまって」

「そういう性分なんだ、菊香さんは。だから、そのぶん私がちゃんと労《いたわ》ってあげたいと思っているんだが、私も気が利かないからな。今日は千紘に、兄上さまは相変わらずぼんやりしているのだから、と叱《しか》られるつもりだよ」

理世はにこにこして小首をかしげた。

「でも、菊香さんも、初めてお会いしたときよりも、顔色がよさそうです。無理をしているようには見えないし、楽しそう。きっと、勇実先生との暮らしが幸せなんでしょう」

「そうであってくれるのなら、嬉しい限りだが」

勇実は面映ゆそうに頬を掻《か》いた。

菊香が将太たちのほうに向き直り、きれいな仕草《しぐさ》で頭を下げた。

「ようこそおいでくださいました。さあ、どうぞお上がりくださいまし」

三

宴《うたげ》の支度はすでに整っていた。

菊香が腕によりをかけて作った料理は、しつこい残暑の中にあっても箸《はし》を伸ばしたくなるような、彩《いろど》りや香りのよいものが揃っていた。茗荷《みょうが》や葱《ねぎ》を刻んだのを載せた冷奴《ひややっこ》。紫蘇《しそ》の風味を利かせた夏野菜の浅漬け。小魚と屑《くず》野菜を叩いてこしらえた、すり身の汁物。葛《くず》をかけて冷ました南瓜《かぼちゃ》の煮物。

一方、理世と千紘も甘えっぱなしではいられないからと、一品、お菜《さい》を作ってきた。将太が抱えていた風呂敷包《ふろしきづつ》みの中身である。鉢に盛って運んできたのは、里芋《さといも》やこんにゃくの煮っころがしだ。

鉢を台所まで持っていくと、女三人で手際よく小鉢に盛りつけていく。その様子を見ていたら、千紘に指図《さしず》された。

「将太さん、そこのお酒とお猪口《ちょこ》を座敷に運んでください。それが済んだら、お膳を運ぶのも手伝って」

菊香がさえぎろうとしたが、将太はすかさず徳利《とっくり》やお猪口の載った盆を持ち上げた。

「こういうことなら、お安いご用だ。じっとしているのも性に合わんので、手伝わせてください」

そして、さっさと座敷に向かう。

勇実は、籠《かご》に入った鈴虫《すずむし》に餌《えさ》をやっているところだった。近所に住む上役が数日留守にするので預かっているのだという。

「鉢植えの菊のつぼみも預かっているんだ。鈴虫も菊も生きていて、世話が必要だからね。ちょっと荷が重いよ」

そう言いながらも、勇実は慈《いつく》しむ目をして、小さな鈴虫を見つめている。

今の勇実の手取りなら人を雇う余裕もあると聞いたが、結局、女中も下男《げなん》も小者《こもの》も置かないことになったようだ。家の中のことは菊香がすべて一人で取り仕切っているらしく、生き生きと働いている。

もともと菊香は誰かに嫁ぐつもりもなく、どこかの武家屋敷に奉公して、働いて一生を過ごしたいと考えていたそうだ。渋々その道を選ぼうとしていたわけでもないようで、確かに家事の達人なのだ。

家移りのとき、菊香は屋敷の古さや汚さを少しも厭《いと》わず、むしろ楽しそうに掃除や修理に没頭《ぼっとう》していた。人の役に立つものを作ることも好きだといい、針仕事や料理はもちろん、ちょっとした棚《たな》をこしらえるようなことまで、何でもこなしてしまう。

勇実はまったく逆で、当人いわく「ぐうたらで、面倒くさがりで、出不精《でぶしょう》」だ。何でも涼しい顔でやってのけそうに見えて、実はちょっと抜けたところがある。筆子たちも「勇実先生はしょうがないな」と言って、寝坊助《ねぼすけ》の勇実を毎朝起こしに行ったりなど、せっせと世話を焼いていた。

きっと菊香も勇実の面倒を見るのを楽しんでいるのだろう、という気がする。勇実は、将太や筆子たちにとって頼れる師匠でありながら、守って支えてあげたいと人に思わせるかわいげもあるのだ。

「比翼連理《ひよくれんり》、か」

将太は、頭に浮かんだ言葉を声に乗せた。いちばん近くにいた理世だけが聞き分けたようで、将太を振り向いて小首をかしげた。何でもないよ、と将太は手振りで示す。

料理の載った膳をせっせと座敷に運んだ。その褒美《ほうび》にと、人数ぶんの小鉢に盛りきれなかった里芋を、口に放り込んでもらった。理世が千紘に教わって作っていたお菜だ。

「うまい」

将太が言うと、理世はほっとしたように微笑んだ。

「よかった。江戸の料理は難しいけれど、だんだんわかるようになってきた」

理世は今日、千紘に料理の手順を教わりながら、逐一《ちくいち》しっかり書き留めていたらしい。まるで薬の調合のように、芋が何斤《なんきん》ならば醤油《しょうゆ》がどれくらい、と重さを量りながら作り、紙にしたためていたというのだ。

そういう細かで面倒なことをみずから進んでやってのける理世に、千紘はしきりに感心していた。

将太は、確かめるつもりで訊いてみた。

「やはり料理も、江戸と長崎ではずいぶん違うんだな」

「うん。長崎の味つけとはまったく違って、難しいと。江戸の料理は、甘くないでしょ。煮物や酢《す》の物に砂糖が入ってないけん」

「砂糖？　飯のおかずの、煮物や酢の物にか？」

理世は上目遣いで将太を見た。

「おかしい？」

将太は、太い首をかしげて少し考えてから、かぶりを振った。

「おかしくはないと思う。遊学に出てすぐの頃、京の料理の味が薄いことに驚いた。ところが変われば、料理の味も変わるものなんだな。口に合う、合わないということもあるかもしれんが、俺は幸い、初めにちょっと驚いただけで、すぐ慣れた。たぶん、砂糖が入っているという長崎の料理も、食えば慣れるだろう」

江戸では上等な菓子にしか使われない砂糖だが、長崎では日々のお菜にも使われるのだ。

理世は、千紘や菊香にも聞かせる口ぶりで言った。

「砂糖は唐船《からぶね》で運ばれてくるんです。オランダ船は年に一回、二艘しか入港しません。そういう決まりになっているから。でも、唐船は春から秋にかけて、季節の風に乗って、入れ代わり立ち代わり、長崎にやって来ます。外海《そとうみ》を走る船は、船底に重りを載せていないと、ひっくり返ります。その重りとなるのが、砂糖なんです」

へえ、と将太は声を上げた。

「なるほど。そういうことなら、長崎では砂糖が手に入りやすそうだな。それで、料理にも砂糖を使うのか」

「甘みが足りない料理は、『さぶなか』とか『砂糖屋の遠か』って言うと」

「それじゃあ、理世も、江戸の料理は砂糖屋が遠くて味気ないと感じるのか？」

理世は眉間に皺を寄せて、ちょっと唸った。

「江戸の味つけにも、だんだん慣れてきた。それに、兄さまは江戸の味つけが好きでしょう？」

「舌に馴染んでいるのは、そうだな。江戸の料理だ」

「だったら、わたしも江戸の味つけを覚えます。兄さまにも、千紘さんや菊香さんたちにも、おいしく食べてもらいたいんです」

健気なことを言うのがいじらしい。将太は「えらいぞ」と理世の頭を撫《な》でた。千紘も菊香も笑みを交わし、理世に「ありがとう」と告げる。

千紘が理世に言った。

「わたしよりも菊香さんのほうがずっと、料理が上手なのよ。本当は菊香さんに教わるのがいいと思うんだけれど、本所と湯島では、ちょっと離れているものね」

「次のときには、一緒に作りましょうね」

菊香の申し出に、理世はこくりとうなずいた。

大平家では、料理などの家事はすべて女中がこなしている。将太には、おふくろの味というものがない。裕福《ゆうふく》な旗本のお嬢さん育ちの母もまた、女中の作った料理を食べて育ったらしい。

理世も、大平家で調える縁談を受けるのであれば、嫁ぎ先ではおそらく自分で料理をこしらえる必要などないはずだ。それでも理世が料理をしたがるのは、単に暇を持て余しているせいでもある。

こうして親しい人たちと食事をともにする機会は、理世にはめったにない。去年の九月に江戸にやって来て以来、習い事などはしているものの、それだけではなかなか友と巡り会うこともできないようだ。

それに、訛りを出さないように気をつけながら口を開いている。そのせいで、言いたいことが十分に伝えられなかったり、とっさに言葉を発することができなかったりして、じれったく感じるときもあるらしい。

長崎訛りでしゃべる本当の理世は、もっと早口でおしゃべりで、しっかりと芯《しん》の通った声の出し方をする。そのことを知っているのは、江戸では将太だけだろう。

長崎の町にいた頃は、堅苦《かたくる》しい漢字の「理世」ではなく、町場の娘らしく「おりよ」で通っていた。ほかに誰もいないときは、将太だけが妹のことを「おりよ」と呼んでいる。

台所での支度がすっかり済んで、勇実も鈴虫の世話を終えた。座敷でめいめいの膳の前に座る。

皆のお猪口に酒を注いだところで、ちょうどよく、龍治の朗らかな声が表から聞こえた。

「頼もう！　白瀧勇実どのの屋敷はこちらであるか？」

大仰《おおぎょう》な言い回しは、むろん、おどけているだけだ。龍治自身、途中で笑いだしてしまっている。

「ああ、我らが剣豪のお出ましだ」

勇実も笑いながら、みずから立って戸口のほうへ迎えに行った。菊香も素早く後を追う。

久しぶりだと沸《わ》き立つ親友同士の声。菊香が「お上がりください」と促し、すぐに三人で座敷に戻ってくる。

矢島龍治は、男としてはいくぶん小柄《こがら》だ。しかし、潑溂《はつらつ》とした身のこなしと抜群の剣術の腕前が、身の丈《たけ》を実際より大きく見せている。年は、将太より四つ上の二十四。腰には大小の刀の代わりに木刀を差している。

龍治はちょっと大げさに顔をしかめ、勇実の胸を小突《こづ》いた。

「勇実さんは夏をくぐり抜けたばかりとは見えないくらい、肌が白いままだな。ずっと引きこもって書物を読んでいるんじゃ、体が弱っちまうぞ。ちゃんと食ってるのか？　相変わらず骨と皮だけじゃないか」

「手厳しいな。いっときよりは目方も戻ってきたんだぞ」

「菊香さんと一緒になって幸せ太りして、力士のようにたくましくなってくれるかと期待していたんだが。一度落ちた体力は、なかなか戻らないのかな」

「力士のようにとは、無茶を言ってくれる。しかし、そう心配されるほど弱ってはいないつもりだ」

「いや、心配するってば。勇実さん、まだあの大怪我から半年しか経ってないんだぞ。熱が下がらず、目を覚まさず、どんどん弱って痩せていくのを見て、俺たちがどれほど気を揉《も》んだことか」

「もう半年も経ったんだ。あれ以来、風邪をひいたり寝込んだりなんてことは一度もない。体力も戻ってきているよ」

「本当か？　相変わらず夜更かし続きなんじゃないのか？　まったく体は大事に

してくれよ」

目の前でぽんぽんと交わされる会話を、将太は懐かしい気持ちで聞いていた。賢く博識な勇実はもちろんのこと、龍治も頭の回りが速いから、二人のやり取りは打てば響くかのようだ。心地よい速さで進んでいく会話に、将太は口を挟まない。うまく挟めないのだが、それでいいと思っている。

ひと区切りしたら、勇実か龍治が必ず、将太にも水を向けてくれるのだ。今日は龍治だった。

「将太、理世さんだけじゃなく、千紘のお供もしてくれて、ありがとうな」

「役に立てて、よかったです。俺のこの大きな図体も、おなごの用心棒役にはぴったりですから。荷物も、いくらでも持てますし」

ちょうど宴を始めようとしたところでの到着だったと言えば、龍治はぽんと自分の太ももを叩いてみせた。急いで来た甲斐があったぜ、と得意げな顔をする。

汗みずくになっている龍治の顔や首筋を、千紘が手ぬぐいで拭いてやろうとした。龍治は照れくさそうに苦笑し、手ぬぐいを千紘の手から取って、自分で汗を拭いた。

「じゃあ、食べようか。酒も茶も白湯《さゆ》もあるから、好きなものを飲んでくれ。将太、何でも多めに作ってあるそうだから、好きなだけ食ってくれ」

勇実の合図で、将太は箸を手に取った。

大平家では、食事の席で口を利くということがない。だが、勇実や龍治のもとで食事をすると、にぎやかだ。

「遠慮なく、いただきます。皆でこうして食うと、いつにも増して箸が進むんです」

自分の屋敷での食事と、勇実たちとの食事の違いに気づいたのは、やはり十くらいの頃だった。将太が物心ついた頃だ。

手習所で昼休みに弁当を食べるときは、皆がわいわいとしゃべっていた。矢島道場の門下生たちと昼餉をともにするときも、同じだった。

そうすると楽しい。会話が弾めば、料理もおいしく感じられる。

今こうして、六人で酒を酌《く》み交《か》わしながら夕餉をいただく間も、しんとしてしまうことがない。

酒をほんの一口でやめてしまったのは、勇実と千紘だ。源三郎もそうだったらしいが、あまり酒が強くない。龍治も深酒を好まない。翌日、どうしても動きに障《さわ》りが出るのが嫌なのだという。

菊香は、酒を飲まない者たちのために白湯を持ってきたり、ぺろりと平らげてしまった将太のためにお代わりをよそってきたりと、甲斐甲斐しく働いている。理世も手伝おうと腰を浮かすのだが、菊香の手早さの前にはかなわない。

「理世さんも気を遣わないで。座っていてくださいね」

その菊香は、酒を飲んでも顔色ひとつ変わらない。何くれと世話を焼く手が震えることも、足がもつれることもない。将太はもちろん、最も親しい千紘でさえ知らなかったらしいが、菊香は底なしに酒が飲めるようなのだ。

「何だか、祝言の日を思い出しますね」

将太が言うと、皆がうなずいた。

五月《さつき》の晴れた日に、勇実と菊香、龍治と千紘は、二組一緒に祝言を挙げた。格式張ったものではなかった。白瀧家は両親も親族もいないので、勇実と千紘のぶんも、龍治の両親が親として務めた。

略式ではあったが、盛大なものには違いなかった。何せ、手習所の筆子や道場の門下生、捕物で顔を合わせる捕り方などが、こぞって祝いに訪れたのだ。大方は将太も知った顔だった。

「祝い事で顔を合わせられるのは、よいことだ」

龍治の父である与一郎がしみじみと噛《か》み締めるように繰り返していたのが、将太の耳に残っている。意味を問えば、目を潤《うる》ませながら微笑んで、与一郎は答えた。

「前にこうして大勢駆けつけてくれたのは、源さんが……源三郎どのが亡くなった折だった。それを思い出してな」

「ああ……そうでした」

「勇実と千紘、それぞれの門出の晴れ姿を、源さんにも見せてやりたかったな」

あの世というものがあるのなら、源三郎はきっとそこから見ているのだろう。生まれ変わりというものがあるのなら、いずれどちらかの夫婦のもとに赤子として生を受けるのではないか。

祝いの酒をいただきながら、将太はふわふわとそんなことを考えていた。

お猪口一杯で頰と耳を赤くした千紘が、ちらちらと龍治を見やっては、くすくす笑っている。

「祝言の日と言えば、あんなに酔った龍治さんを見たのは初めてだったわ。いまだに道場の皆にからかわれるんでしょう？」

龍治はげんなりしたように顔をしかめると、お猪口の中身を空にして、盆の上に伏せた。

「今日はもう、酒はこれっきりだ。あとは白湯をいただくよ」

日頃は酒をたしなまないとはいえ、龍治も実はかなりの量を飲める。気分が悪くなるような、ひどい酔い方をするわけでもない。祝言の日だけは特別だからと、翌日のことを考えず、祝いの盃《さかずき》を受けていた。それで、すっかり気持ちよく酔っ払ってしまったのだ。

勇実が珍しく、いたずらっぽい顔をして身を乗り出した。

「あの日言ったこと、まさか悔《く》いているわけではないんだろう？　取り消しはしないよな？」

「そりゃあ……もちろん、あれは、まがうことなき俺の本心だったが……」

龍治の顔が赤くなっているのは、酒を飲んだせいではない。

将太は思わず噴き出した。理世もくすりと笑った。

あの日、すっかり酔いが回った龍治は、千紘に憧《あこが》れを抱いている筆子たちに焚《た》きつけられた。「千紘先生を泣かせたら絶対に許さない」と言い渡されたのをきっかけに、熱く語りだしてしまったのだ。

「おまえらこそ、千紘に手を出したら、ただじゃおかねえぞ。幼いからといって、俺は手加減してやらねえからな。だいたい、おまえらに忠告されるまでもないんだよ。おまえらが生まれるより前から、俺は千紘のことを大切にしてきたんだ。千紘が隣に越してきて出会って、ついに今日に至るまで、十五年だぞ」

龍治はそれまで、妻として迎える娘のことを「千紘さん」と呼んでいたはずが、祝言の宴で酔って語ったときから「千紘」と呼ぶようになった。呼び方を変えたのではなく、戻したのだ。

出会ったばかりの頃、幼かった千紘を呼ぶときには、勇実がそうするように、龍治も「千紘」と呼んでいたそうだ。

だが、龍治が十三、四の頃、おなごの名を呼ぶのが妙に気恥ずかしくなってきた。それで、「おい」とか「おまえ」とか、そういう呼び方をするようになってしまった。

何から何まで気恥ずかしく感じていた時期を抜け、千紘が娘らしくきれいになってきた頃、「千紘さん」と呼ぶようになった。そして祝言を挙げたのを機に、懐かしい呼び名である「千紘」に戻したというわけだ。

「千紘は昔からかわいらしかったんだ。年頃になるにつれ、変な虫がつくことも出てきてさ、『おい』って呼ぶだけじゃ足りなくなった。往来を歩くときも道場に新しい門下生が入るときも、俺はしょっちゅう千紘さん、千紘さんって呼んで、俺の声が届かないところに行かないように目を光らせてたんだ」

そうだったなあ、と将太も思い出す。

とはいえ、「おい」としか呼びかけずにいた頃だって、龍治が千紘を特別にかわいがっていることは、将太の目にも明らかだった。

将太は、龍治のことを剣術の先達として尊敬している。将太を鬼子から人の子にしてくれた恩師の一人としても、心から感謝している。その龍治のまなざしの向かう先にいるのが、木刀を握ることのない千紘だった。何とはなしに、千紘にやきもちを焼くような気分だった時期もある。

あのまなざしの意味は、道場の兄弟子にこっそり教わった。

「あと数年、見ていてごらん。千紘さんが嫁入りする年頃になれば、龍治さんも自分の気持ちとまっすぐ向き合うことになるさ。あれは、恋をしている者のまなざしだよ。男女の恋には、夫婦になるという成就《じょうじゅ》の形があるからね。それを望むまなざしだ」

幼い将太には、恋だの祝言だのといった話は黄表紙《きびょうし》の中の出来事のようで、よくわからなかった。だが、京から江戸に戻ってきて再会した日、千紘との仲を勘違いした龍治と立ち合いの勝負をすることになったときに、なるほどと知ったのだ。

　龍治はぱっと体が動くし、剣術の技の冴《さ》えは見事なものだ。そのぶん、思いのほか冷静で、自分自身をよく律している。仮に怒りを覚えたとしても、かっとなって相手を傷つける、などということはめったにない。

　その龍治が、将太がとっさに仕掛けてみた拙《つたな》い罠《わな》に引っ掛かり、冷静さを失った。将太は、千紘との縁談を勇実に申し込んだかのように、龍治の前で振る舞ってみせたのだ。

　千紘を懸けた勝負となると、龍治が後に引くはずもなかった。沈着《ちんちゃく》とは言えなかったはずの龍治だが、凄まじく強かった。あっさり勝負に敗れた将太は、それでこそ龍治先生だ、と思った。

　勝てない相手がいて、その相手のことを大好きだというのは、安心できることだ。子供心のままの甘えが許される。あの日も将太は龍治をさんざん怒らせ、恥をかかせもしたのだが、龍治は後腐れなく赦《ゆる》してくれた。

　いずれにせよ、将太が兄のように慕う龍治は、あの罠によって初めて、千紘への想いをはっきりと言葉にしたのだった。

それから三年が過ぎ、祝言の日。皆が聞いている前で、それまでになく大胆《だいたん》に、龍治は千紘がいかに愛おしいかを滔々《とうとう》と語った。酒の力のためだったが、あれはなかなかすごかった。どんな余興よりも盛り上がった。

勇実もにんまりとして、龍治に言った。

「あれにはすっかり当てられてしまったな。私も負けじと惚気てやりたかったんだが」

赤面した龍治は、怒っているとも笑っているともつかない表情を浮かべている。さんざん酔っていたとはいえ、物忘れをしてしまうたちではないらしく、酔いが醒めると赤くなったり青くなったりして悶えていた。

その場では恥ずかしがっていた千紘だが、祝言から日が経つにつれ、手柄《てがら》を立てたかのように誇らしげにしている。あれだけ大勢が聞いている中で、龍治は盛大に惚気たのだ。千紘と喧嘩《けんか》などしようものなら、龍治は針《はり》の筵《むしろ》に座らされるに違いない。

「人の噂も七十五日と言うが、まだまだ消えてくれそうにない。道場の連中からは、ことあるごとに、まるで昨日のことみたいに蒸《む》し返されるんだよ」

龍治はうんざりしているふうの口調で言うが、本心でないことは見て取れる。

「でも、まんざらでもないんでしょう？」

つい将太は口に出してしまった。

龍治は目を丸く見開くと、月代《さかやき》まで真っ赤にして、胡坐《あぐら》の膝《ひざ》に頰杖《ほおづえ》をついてそっぽを向いた。

理世がくすくすと笑い、隣の将太にしか聞こえないような声で、ぽつんとつぶやいた。

「うらやましか。幸せそうやね」

将太は、理世の頭をそっと撫でた。将太の手のひらですっぽりと隠れてしまうくらい、理世の顔は小さい。何もかも小づくりで、儚《はかな》く壊れてしまいそうだ。

「案ずるな。この兄が、おまえの幸せな縁談を見守ってやるからな」

理世のささやきに反して、将太の声はどうしても大きくなってしまう。

無邪気にうなずいたのは、理世だけだ。勇実と菊香、龍治と千紘がそっと目を見交わし、将太に気遣わしげなまなざしを向けたのを、将太は感じた。

何も気づかなかったふりをする。

四人に打ち明けた秘密は、なかったことにすると決めたのだ。その想いは、忘れると誓った。理世のために、将太は決して誓いを破ることはない。

将太は、初めて理世と出会ったとき、恋とは何かを知ってしまった。一目惚《ひとめぼ》れだった。

許されないことだ。血のつながりがないとはいえ、理世は大平家の娘。義妹に恋をするなど、あってはならない。

大丈夫だ。

みずからに決まり事を課するのは、慣れている。何の決まり事もないまま己を解き放てば、将太は鬼子なのだ。暴れる鬼であってはならない。そのために自分を律する術《すべ》は、幼い頃から源三郎や勇実、龍治に教わってきた。

将太は声に出して繰り返した。

「理世が案ずることはないんだ。俺が兄として、おまえを守り、導いてやるから」

「はい」

愛らしい笑顔でうなずく妹に、将太も微笑み返した。

四

夕餉の膳と酒を片づけた後、西瓜《すいか》にかぶりつきながら、尽きない話の続きをした。

涼しい夜風の入ってくる縁側のあたりで、思い思いのところに腰を下ろしている。将太と理世、勇実と菊香、龍治と千紘で何となくまとまるのは、当然のことだろう。

ただ、将太はちょっと目のやり場に困った。というのも、勇実が菊香の手を握っているのに気づいてしまったからだ。時折、そっと髪に触れたりもしている。菊香を見つめるまなざしは、とろけるように甘い。

人目もはばからず、というやつだ。他人の前ならいざ知らず、近しい弟子の将太や親友の龍治、実の妹である千紘の目が届くところで、この振る舞いである。

さすがに千紘が一度、勇実に釘を刺した。

「兄上さま、武家の男が人前でそんなふうに奥方にべったりくっつくものではないでしょう？　菊香さんも困っているのではない？　ねえ、菊香さん？」

「でも、いつものことですから」

菊香は、勇実に絡《から》まされた指をするりと引き抜いて、やんわりと微笑んだ。ちょっと困ってはいるらしい。だが、嫌がってはいない。恥ずかしそうにもしていないのは、勇実のこんな様子にもすっかり慣れてしまったということか。

将太と龍治と千絋は、何となく目を見交わした。想いが成就するまでの勇実の、臆病《おくびょう》と言えるほど慎重な様子を、三人ともよく知っている。まわりにも菊香にも勇実の想いは伝わっていたのに、決して口に出そうとしなかった。傷つくことも傷つけることも恐れて、じっと自分の殻にこもっていたのだ。

今、勇実が甘いまなざしで菊香を見つめ、隙《すき》あらば手を取り肩に触れたがるのは、これまで抑えていたものがあふれてしまった、ということだろうか。あまりの変わりように驚かされる。千絋など、いっそ呆《あき》れかえった顔をしている。

将太は咳払《せきばら》いをして、話題を変えた。

「そうそう、勇実先生。この間お伝えするのをうっかり忘れていたんですが、実は、あの手習所に名をつけたんですよ」

勇実は、菊香に西瓜を食べさせようとする手を止め、ほうと目を見張った。

「筆子たちが喜んだだろう。私や父が面倒がって『矢島家の離れ』としか呼ばないのを、筆子たちは不満そうにしていたから。あの子たちが望むとおり、格好のいい名がついたのか？」

将太は千絋を見やった。千絋が目顔で「あなたが言って」と告げるので、将太が口を開いた。

「勇源堂というんです。勇実先生の勇に、源三郎先生の源で、勇源堂」

「それはまた……何だか、面映ゆいな」

「勇の字は必ず入れたいと、筆子たちが言ったんですよ。表に掛ける『勇源堂』の札は勇実先生に書いてもらおう、という話にもなっています。近いうちにお願いしますよ」

　勇実は、はにかんで笑いながら頭を掻き、頬を掻いた。

「私の字など、大したものでもないのに。でも、そうだな。私や父があの手習所にいた証《あかし》が残るのは、嬉しいことだ。書かせてもらうよ」

「ありがとうございます。いまだに、ときどき、勇実先生が手習所にも道場にもいないことが不思議に感じられるときがあるんですよ。ずっと近くにいてくれると思っていましたから」

「そうだなあ。人生の巡りあわせというのは不思議だね。私も、まさか湯島の学問所に勤めることになるとは、夢にも思っていなかった。本所から離れることになるとはな」

「でも、本所相生町のあの屋敷は小普請組《こぶしんぐみ》のものでしたから、お役に就いたら離れることになるし、武士たるもの、本来はそれを目指すべきなんですよ。小普請組のままでい続ける剣術道場の矢島家や医者の大平家のほうが、実のところ、従来のあり方から外れているわけですから」

江戸に住まう武家のお役目は、徳川《とくがわ》将軍家をお守りすることだ。戦働《いくさばたら》きこそが本領である。

仮に平時であっても、戦に備えてひたすら武芸を磨いておくのが正しい。「暇だから別の仕事を」だとか「銭のために内職を」などというのは、本来は武士らしからぬ振る舞いなのだ。

小普請組というのは、もとは読んで字のごとく、お城や堀などにおけるちょっとした普請、つまり土木の仕事を担《にな》っていたという。今の世においては、ご公儀のお役を持たない御家人が属するのがこの小普請組だ。屋敷地は与えられるし、一定の俸禄《ほうろく》も給される。しかし、暮らしを立てるには心許《こころもと》ない額である。

だから、大平家は医者として開業し、白瀧家は手習所を営み、矢島家は剣術道場の師範として束脩《そくしゅう》や謝礼を得る道を選んだ。勇実は昌平坂学問所の教導《きょうどう》のお役を与えられたので、小普請組から外れて、湯島の屋敷へ移ったというわけだ。

勇実が言った。

「そういえば、もともと私が住んでいた屋敷には、もう誰かが越してきたのか？

すぐに次の者が入るだろうと、酒井《さかい》さまはおっしゃっていたが」

酒井孝右衛門《こうえもん》は、白瀧家の面倒を見ていた小普請組支配組頭《しはいくみがしら》だ。勇実に縁談を持ってきたり、お役に就くべく説得しようとしたり、手習所の筆子たちのために朝顔の鉢植えを譲ってくれたりなど、何かと世話を焼いてくれていた。

将太と龍治と千紘は同時にうなずいた。目配せをし合い、龍治が口を開く。

「つい先日、越してきたよ。浅原直之介《あさはらなおのすけ》どのといって、三十代半ばかな。もとは御徒町《おかちまち》に屋敷を拝領していた番方《ばんかた》だったが、思うところがあって、辞めちまったそうだ。奉公人《ほうこうにん》も解き放ったとかいう話だったな。だから、今は男ひとりの所帯だってさ」

「自分からお役を辞して、それまでの暮らしをすっかり捨ててしまったということか？　ちょっと変わっているな」

これには千紘が答えた。

「ええ、変わった人だとは思うわ。でも、父上さまだって、ご公儀のお役をみずから辞して、手習所を始めたでしょう？」

「確かにそうだが」

「浅原さまは、ひょうひょうとした感じの人ね。愛想がいいわけではないけれど、怖《こわ》いという印象はないわ。筆子相手にも丁寧なの。悪い人ではないと思う。だって、浅原さまに怯《おび》える筆子が一人もいないんですもの」

勇源堂の筆子は、矢島道場と同じ敷地にあるだけに、捕物に巻き込まれたことが一度や二度ではない。おかげで、目明かしもかくやというほどの手柄を挙げたりもする。大した子供たちばかりなのだ。

負けず嫌いな子は、たとえ大人でも、こいつは嫌だと思えば牙《きば》を剝《む》く。人の顔を覚えるのが得意な子は、お尋ね者の人相をきちんと覚え、悪い大人についていかない。勘の鋭い子は、おかしな振る舞いをする者がいれば、すぐさま将太や龍治に知らせに来る。

そういう並外れた筆子たちが、新たな隣人となった浅原直之介という男のことを、あっという間に気に入ってしまった。

千紘が言うとおり、浅原は愛想がよいわけではなく、謎めいている。小普請組の禄だけでは自分ひとりで食べていくのもかつかつだろうが、そういうふうでもない。勇実が手掛けていたような写本の内職のようなもので補《おぎな》っているのだろうが、何の仕事をしているのか、よくわからない。

将太は口を開いた。

「浅原さまは、草双紙《くさぞうし》をたくさん持っているんだそうです。貸本屋も出入りしているとかで。ほら、今流行《はや》っている『南総里見八犬伝《なんそうさとみはっけんでん》』も、いちばん新しい巻まで揃えてあるんだとか」

「草双紙や『八犬伝』を目当てに、浅原どのの屋敷に筆子たちが出入りしているのか？」

「そうなんです。矢島家と隣の境には、もとは木戸がありましたが、それが去年の嵐で吹っ飛んだでしょう。浅原さまが越してきても、まだ直していなかったので、筆子たちが隣に遊びに行ってしまって」

「さっそく迷惑をかけてしまったのか」

「ええ。でも、浅原さまは、木戸はそのままでいいと言ってくださっているんです。『気軽に読める草双紙とはいえ、子供が本を読んでおもしろがっている。それは豊かなことじゃありませんか』とおっしゃるんですよ」

浅原のその言葉を聞いたとき、将太は不覚にも胸が熱くなった。同時に、筆子たちがなぜ隣の屋敷に行きたがるのかもわかった気がした。

筆子にとって、浅原直之介という男は、物珍しさと懐かしさを同時に感じさせる人物なのではないか。初めて顔を合わせたのに、つい半年前まで自分たちの師匠を務めてくれていた人と同じようなことを言って、うるさく騒いでも受け入れてくれるのだ。

勇実も屋敷に書物をいろいろとため込んでいた。その大半は、自分で写本にした英雄物語だった。筆子たちは勇実に刺激を受け、『三国志演義《さんごくしえんぎ》』や『水滸伝《すいこでん》』、『真田三代記《さなださんだいき》』、『平家物語《へいけものがたり》』、『曽我物語《そがものがたり》』といった、戦と英雄の物語に熱を上げていた。

ああ、と勇実は安堵《あんど》の笑みを見せた。

「いい人が隣に越してきてくれたんだな」

菊香が優しい声で言った。

「ええ、本当に。筆子の皆さんのことは、ずっと案じていたのです。わたしたちが新しい暮らしを選んだがために、筆子の皆さんが英雄物語を読む機会を奪ってしまったのではないか、とも思っていたものですから」

将太は勇実と菊香に告げた。

「その点はご心配なく。俺も、筆子たちが読みたがる本があれば手に入れて貸し出すようにしていますし。今度、浅原さまともそのあたりのことをきちんと話してみます。浅原さまのお考えも聞いてきますから」

「うん。その話も、あの子たちのことも、またいろいろと聞かせてくれ」

勇実はそう言って、さも当然のように菊香の手を握った。

町木戸《まちきど》が閉まってしまう夜四つ（午後十時頃）よりも前に、将太たちは勇実の屋敷を辞した。勇実と菊香は提灯《ちょうちん》を手に、門のところで将太たちを見送ってくれた。

歩きだして少し行き、何となく振り向いたとき、勇実が菊香を抱き寄せてそっと顔を近づけるところを見てしまった。

かっと頬が熱くなる。

隣を歩く龍治も同じ情景を目に留めたようで、呆れたように笑った。

「いちゃいちゃするなら、屋敷に戻ってからにしてほしいよな。それとも、見せつけたいのか」

「今のは、びっくりしました」

「我が道を行く頑固者《がんこもの》の勇実さんをあんなふうに変えちまうとは、いやはや、菊香さんも罪深い人だ」

理世と千紘が、肩越しに振り向いた。

「でも、菊香さんも幸せそうでした」

「本当よね。兄上さまのわがままに困った顔をしながらも、何だか嬉しそうで。でも、兄上さまも、菊香さんに旦那さまとは呼ばせないのね」

「勇実さまのままでしたね」

武家の妻が夫を呼ぶときは、旦那さま、おまえさま、というのが多い。子が生まれれば、父上さまとも呼んだりもする。

龍治が妙に勝ち誇ったように胸をそらした。

「ほら、やっぱり勇実さんも俺と同じだろ、千紘。惚れた相手からは名前で呼ばれたいんだよ。俺も、千紘と呼び続けたいしな」

「義父上《ちちうえ》さまと義母上《ははうえ》さまもそうしているから？　二人で話しているときなんて、若い頃のままのような口ぶりになったりもするものね。今でも、うらやましいほど仲が良くて」

「いや、俺は別に、親父たちの真似《まね》ってわけでもないんだが」

将太は自分の両親のことを思い出そうとした。互いに何と呼んでいるだろうか。

母が「旦那さま」と言うところを聞いたことがある気がする。では、父は？

寡黙《かもく》な父は、どんな声音《こわね》で母に話しかけていただろうか。

大平の屋敷でのことを思い出そうとすると、頭の中に霧がかかるように感じる。

毎日、あの屋敷に帰っている。夕餉は屋敷でとるし、きちんと自分の部屋で眠っている。それだというのに、本当に自分の足であの屋敷の中を歩き、自分の口で女中に声を掛けたのか、怪しいような心地になる。

湯島から本所まで、さほど遠い道のりではない。

大川《おおかわ》沿いには夜店の屋台が並んでいる。両国橋《りょうごくばし》の東西、特に西側の広小路《ひろこうじ》では、小料理屋や居酒屋の明かりが煌々《こうこう》としている。川面《かわも》に灯火が映り込んで明るい。吉原《よしわら》に向かうのか、大川の上を屋根舟《やねぶね》が滑っていく。

涼しい夜の散歩は心地よかった。火の用心を訴える拍子木《ひょうしぎ》の音が、どこからか聞こえてくる。

三味線《しゃみせん》の音がひっそりと、夜の闇の中を漂っている。花火は、今夜はもうしまいになったらしい。

両国橋を渡り、少し南へ行って、竪川《たてかわ》沿いを二、三町《ちょう》東へ歩いたところが、矢島家の屋敷地だ。龍治と千紘とその門前で別れる。

そこからすぐの角を曲がって北へ行くと、突き当たりの一画が亀沢町だ。大平家の屋敷はそこにある。

普段なら重苦しくてたまらない、矢島家から大平家へと続く道だ。しかし、今日は理世が隣にいる。おかげで、きちんと息ができる。しゃんと背筋を伸ばして歩いていられる。

元来、武家の男女が連れ立って歩くものではないが、将太と理世は兄妹である。妹の並外れた愛らしさを思えば、巨漢で腕の立つ兄がぴったり寄り添って周囲に睨《にら》みを利かせるのも道理というものだ。

理世はくつくつと、喉《のど》を鳴らすような笑い方をした。

「今日は本当に楽しかった。兄さまたちと遠出したことも、宴でたくさんおしゃべりできたことも、台所で片づけをしながら千紘さんや菊香さんと女同士の話をしたことも」

「女同士でどんな話をしたんだ？　料理の話の続きか？」

「ううん、別の話。兄さまには内緒《ないしょ》」

「ずるいな、おりよ。楽しかった話を、俺には教えてくれないとは」

いたずらっぽく「ずるい」と言ってみたら、理世はいくらか早口になって答えた。

「じゃあ、少しだけ。千紘さんも菊香さんも旦那さまに惚れられて大事にされとって、嬉しそうやった。ばってん大事にされすぎて、どう応えていいかわからんときもあるとって。惚気よね。そういう話、こっそり教えてもらったと」

「あの四人は、そうだな。前世からの縁でもあるんじゃないかというくらい、特別な結びつきだ。近くで見ているとじれったかったが、やっと、まとまった。幸せすぎて困るくらいでいてくれないとな」

理世がぽつりと言った。

「わたしも、旦那さまに大事にされる花嫁になれる？」

将太の胸がちくりと痛んだ。

「弱気になるな。おまえには、居場所も後《うし》ろ盾《だて》もあるんだ」

「うん」

と、将太は眉をひそめた。

「何だ？　屋敷の表に明かりが……」

見間違いではない。医家《いか》である大平家を、真夜中に患者が訪ねてくることはある。そういうときは屋敷の表に提灯が行き交い、騒然とするのだが。

どうも様子が違う。

将太は理世を自分の右後ろにやった。

「離れずに、俺に隠れながらついてくるんだ」

「はい」

理世は将太の右の袖《そで》をそっとつかんだ。そうされていては、もしものときに素早く刀を抜くことができない。将太は右の袖を抜いて片肌を脱ぎ、理世に右の袖をつかませたまま、大平の屋敷へ近づいた。

人影が見えてきた。

男の姿が二つ。提灯を手にしている一人は、大平家の下男だ。将太が物心つく前から屋敷で働いている、父と同じくらいの年の男である。

もう一人にも、何となく見覚えがある気がした。

その男が将太の姿を認めたようだ。聞き覚えのある声が、将太の名を呼んだ。

「もしや、将太さまですか?」

たったそれだけで上方《かみがた》の訛りが聞き取れた。

袖をつかんだ理世がびくりとした。

「いかにも、俺は大平将太だが」

男がぱっと駆けてきた。将太は思わず刀の柄《つか》に手を掛けた。

が、その手をすぐに下ろした。掲げた提灯の明かりの中に、男の顔が見えたのだ。見知った顔だった。京でさんざん世話になった、一つ年上の男だ。

「吾平《ごへい》か！」

「そうです、吾平です！　覚えてはりましたか！」

京で将太が下宿していた儒者の屋敷で下働きをしていたのが、吾平である。きちんと手習いを教わったことはないというが、手紙の宛《あ》て名《な》は間違えずに読めた。さらに凄まじいことに、掃除などしながら耳に入れているうちに、四書五経をすべて覚えてしまったという。

そういう抜きんでた男であればこそ、変わり者の儒者もかわいがっていたのだろう。

しかし、その吾平がなぜ江戸にいるのか。こんな刻限に。しかも、笠を胸に抱え、旅装を解《と》いてもいない。

どういうことなのか、と将太は尋ねようとした。

それより先に吾平が動いた。素早く地面に膝をつくと、将太を見上げて言ったのだ。

「お願い申し上げます、将太さま。手前を将太さまのお屋敷で働かせてくださ
い。後生《ごしょう》でございます！」
あっけにとられる将太の前で、吾平は深々と頭を下げ、額を地面にこすりつけた。

第二話　鬼子《おにご》の呪《のろ》い

一

吾平という男が突然、将太の前に現れた。再会を喜んで声を上げたと思うと、地に額をすりつけて、大平家での奉公を願い出た。

将太は、吾平を前にして固まってしまった。理世は将太の右の袖をつかんだまま、将太の様子を見ていた。

「兄さま、大丈夫？」

声を掛けてみたが、将太は動かない。動けないのだ。

予測のできないことに出くわしたとき、将太は言葉が出なくなってしまう。長い腕を半端に浮かした格好のまま、口を開閉している。吾平の手を引いて立たせようともしないところを見ると、体を御《ぎょ》することさえ、うまくいかなくなっている。

奉公させてほしいと懇願《こんがん》する吾平の声は、屋敷の中にまでしっかりと響いたようだ。

女中や下男が門の表に出てきた。すわ曲者《くせもの》かと勇んで飛び出してきた者も、おそるおそるといった様子の者も、単に興味津々《しんしん》で目を輝かせた者もいた。

だが、うろたえるばかりの将太は、奉公人たちの様子にも気づいていなかっただろう。

「将太さま、後生でございます！　手前をおそばに、大平さまのお屋敷に置いてください！」

熱のこもった言葉を発し続ける吾平は、這《は》いつくばるようにして頭を下げたきりだ。くたびれた旅装に、整える余裕がなかったらしい髪と髭《ひげ》。大平家の奉公人たちが眉をひそめるのも、無理のないことだった。

理世はいたたまれない心地になって、吾平に声を掛けた。

「あの、吾平さんとやら。顔を上げてください」

しかし声が小さかったのか、将太以外の者の言葉が耳に入らないのか、吾平は理世の言葉に応じる様子を見せない。

しまいには、大平家の用人《ようにん》を務める長谷川桐兵衛《はせがわとうべえ》まで出てきてしまった。

「先ほどより知らせは受けておったが、まだけりが着いておらぬのか。かような夜更《よふ》けに表で騒ぎを起こすなど、言語道断《ごんごどうだん》でありますぞ」

理世はこっそり、桐兵衛のことを「真四角」と呼んでいる。白髪交じりの頭の形が四角い。張り出した顎《あご》や突っ張った肩も簞笥《たんす》の角のようにがっちりとして、体が四角でできているみたいに見える。

それに、四角四面な堅物であるとも思う。理世も町娘然としていた初めの頃は、さんざん小言を食らった。今となっては、礼儀作法をきちんとしていれば、さほど恐ろしいこともないのだが。

しかし今、門前で繰り広げられているのは、きちんとしているとは到底言いがたい騒ぎである。桐兵衛のお咎めを受けない道理がない。

理世が恐れたとおりだった。真四角の桐兵衛は将太をじろりと睨んだ。

「将太坊ちゃま。こうも遅くまで黙って出歩いた上に、門前でかような騒ぎを起こし、それを治める術も持たぬとは、情けのうございます。二十にもおなりで、少々のことは目をつぶってさしあげることにしてはおりますが、限度というものがありますぞ」

「い、いや、これは……」

「黙らっしゃい。かような刻限に外を騒がすものではないと申し上げておるのです。とにかく皆も中へ戻りなさい。そちらの、旅のお人」

吾平が這いつくばったまま、弾かれたように桐兵衛に向き直った。

「へい！」

「ひとまず今晩はこちらにお泊まりなさい。聞けば、宿も定めず、夕餉もとらずに将太坊ちゃまをお待ちしていたとか。冷や飯に湯をかけた程度のものでよければ、お出ししましょう」

「そ、そんなご迷惑なんぞ、かけられまへん！　手前など、野宿で十分ですので……」

「大平家を訪ねてきた客人に門前で野宿などされては、大平家の沽券《こけん》にかかわるというものです。疾《と》くお入りなさい」

桐兵衛は語気を強めたわけでもなかったが、吾平はびくりとして額を地にすりつけた。

「申し訳ありまへん。ご厄介《やっかい》になります」

嘆息《たんそく》した桐兵衛は、ちらりと理世を見てから、きびすを返した。桐兵衛が屋敷に引っ込んでいくのを合図に、表に出てきていた奉公人たちもぞろぞろと中へ戻っていく。

理世は将太の袖を引いた。

「今日、湯島へ出掛けることは、わたしが桐兵衛さんに伝えておいた。兄さまと一緒に出掛けて、遅くなるとは思うけれど、木戸が閉まるよりは前に戻ってきますって」

「……ああ。ありがとう」

将太は力なく言って、吾平の前に膝をついた。腕をつかんで立たせる。

老いた女中のカツ江《え》が、濡らした手ぬぐいを持ってきた。

「さあさ、お客さま、手やお顔を拭いてくださいまし」

「かたじけのうございます」

「将太坊ちゃまのお友達なんでございましょう？　湯を沸かしておりますから、長旅の埃を落としてくださいましね」

カツ江は幼い頃から将太の面倒を見てきた女中だ。将太は「婆や」と呼んでいる。額に古傷があるのは、幼かった将太に棒で打たれた痕《あと》だという。

怪我だらけになりながらも、カツ江は幼い将太を見限らなかった。今でも、屋敷の奉公人の中で唯一、カツ江だけが、将太を恐れたり嫌ったり疎《うと》んじたりせずに世話をしている。

そして、屋敷に将太の居場所がないことに、カツ江だけが心を痛めている。

兄さまは、門をぐって大平のお屋敷に入ると、言葉を失うまじないにかけられているかのよう。理世はそう思う。健《すこ》やかなはずの兄なのに、顔色も沈んでしまう。堂々とした体軀《たいく》さえ、しぼんでしまうかに見える。

吾平は、黙りこくっている将太の顔を見上げた。将太は、親しいはずの吾平のほうを向きもせず、足を引きずるようにして屋敷の門をくぐった。

理世は吾平に声を掛けた。

「兄が京でお世話になったんですね。訪ねてきてくださり、ありがとうございます」

「い、いえ、とんでもありまへん！　お騒がせしてしもうて、ほんまに申し訳ありまへん」

吾平は慌てて頭を下げ、それから面《おもて》を上げて、初めてきちんと理世を見た。途端、吾平の顔に驚きが駆け抜けた。大平家の娘だとか将太の妹だと名乗るたびに、こんな顔をされる。言い訳をするように、理世は言葉を重ねた。

「大平理世と申します。わたしは養子ゆえ、兄とは血がつながっていないので、少しも似てはおりませんが。でも、将太兄上は、わたしにとって大事な兄ですから。ええと、兄と積もる話もあるでしょう。どうぞ中へお入りください」

「へ、へい。ご丁寧に、ありがとう存じます」

京訛りとおぼしき言葉は、聞き慣れない理世の耳には、柔らかな唄《うた》のようにも感じられた。


大平家の屋敷は広い。聞いたところによると、このあたりの小普請組の御家人の屋敷の中では飛び抜けて広く、お役に就いた御旗本の拝領屋敷とも大差ないほどなのだとか。

今の当主の祖父にあたる人が名医として大成し、屋敷の相対替《あいたいが》えを何度か繰り返した結果だそうだ。

理世の部屋は母屋にある。鉤型《かぎがた》になった母屋のうち、北にある棟《むね》だ。障子を開ければ、広縁《ひろえん》の向こうに庭がある。目で見て楽しむためではなく、実用のための庭だ。生薬となる草木が植えられ、当主の許しを得た奉公人だけがその世話を任されている。

朝、理世が起き出すのは、奉公人たちが働き始めた気配に釣られてのことだ。

「あっ、兄さま」

庭越しに、将太の大きな後ろ姿が門を出ていくのが見えた。将太は毎朝、早起きのカツ江に声を掛けられると、すぐさま目を開けるらしい。そして顔を洗って身支度を整え、木刀と手習いの道具を手に、矢島家へ行ってしまう。

朝餉は、矢島家の庭で朝稽古をしている将太のところへ、理世やカツ江がおむすびを届けに行く。昼餉も似たようなもので、屋敷が近いのに食事をしに戻ってこないから、カツ江が届けに行っている。理世はお稽古事があるので、昼餉の頃には将太に会えない。

静かな屋敷だ。鳥のさえずりや蟬しぐれ、奉公人たちの働く音は絶えず聞こえているが、人の声がめったにしない。

理世がこの屋敷で暮らすようになって十か月ほどになるが、足を踏み入れたことのない部屋がいくつもある。庭の草木には触れないよう言われているし、嫡《ちゃく》男《なん》の家族が住む離れにも近寄りがたい。

父の邦斎《ほうさい》も、長兄で嫡男の丞庵《じょうあん》も、次兄の臣次郎《しんじろう》も医者だ。三人が話すところを見るに、家族というより、単なる仕事相手であるかのようだ。治療の方針や患者の身の上に関することなどを話し合いはするものの、ちょっとした世間話を交わすところは見たことがない。

母の君恵《きみえ》は、父や長兄が寡黙なぶん、口数が多い。理世や奉公人に用事を言いつけるのを、母が担っているのだ。きびきびとした母の口ぶりを、理世は初め、少し怖いと感じていた。そういうのが江戸の武家の女の話し方なのだとわかってからは、怖い気持ちは薄れた。母のような話し方こそ目指さなければ、と今では思っている。

しかし、まだうまく話せない。しょうもない無駄口を叩いて嫌われたら、悲しいではないか。たとえば父と母の若い頃の話であるとか、幼い頃の兄たちの様子であるとか、本当は聞いてみたいのだが。

当主一家がそういうふうであるから、奉公人たちも粛々《しゅくしゅく》としている。余計な言動を控え、自分のなすべき仕事だけを淡々とこなしている。

昨日の晩、吾平がちょっとした騒ぎを起こしたおかげで、奉公人たちの普段と違う顔を見ることができた。野次馬《やじうま》根性を剝き出しにした者さえいたことには、理世も驚いた。

将太の後ろ姿を見送った理世は、部屋に引っ込んで身支度を整えた。落ち着いた色味の薄物《うすもの》は、この夏にあつらえたばかりだ。

長崎で着ていたものは、たとえば舶来《はくらい》の更紗《さらさ》のような色鮮やかなもの、華やかな柄のものばかりだった。だが、江戸の武家の娘が着るにはふさわしくない。長崎から運ばせた着物は結局、陰干しして手入れこそしたものの、長持《ながもち》の中にしまいっぱなしだ。

髪の結い方や簪《かんざし》や櫛《くし》から、襟《えり》や裾《すそ》にのぞかせる襦袢《じゅばん》の類《たぐい》に至るまで、何もかも、長崎の頃とは違う。目元や唇に紅を差すのも、江戸に来てからやめた。

木彫りの蔓草模様《つるくさもよう》に縁取られた鏡をのぞき込んで、笑顔の稽古をする。

「おはようございます」

気をつけながら、鏡の中に向かって言ってみる。たった一言しゃべるだけでも、お国訛りは表に出てきてしまう。兄や母と同じ言葉であいさつができることを確かめて、もう一度、笑顔をつくる。

江戸に出てきてしばらくの間、肌が荒れがちだった。水が合わないというものだったのだろうか。梅雨が明ける頃になって、ようやく、赤くぽつぽつしたできものに悩まされることもなくなった。

奉公人たちが働く物音と気配が、障子越しに伝わってくる。下男が庭の草木に水やりをしている。台所女中たちも、もう動きだしているだろう。米が炊《た》き上がったら、カツ江が大きなおむすびを作る。それを理世が将太のもとへ届けるのだ。

　理世は廊下に出た。

　父の邦斎の姿は、今朝は庭にない。三日に一度は庭で薙刀《なぎなた》の稽古をするのだが、多忙を極める身だ。前の晩に仕事が立て込んでいたりなどすれば、稽古より体を休めることを優先するらしい。

「にゃあ」

　かすれた猫の声がした。

「ナクト。起きたと？」

　理世が部屋の中を振り向くと、寝床代わりの箱の中から、黒猫がゆっくりと出てきた。

　すでに成猫《せいびょう》となった雄猫だが、そのわりには小柄だ。声は子猫のうちからしゃがれ気味だった。ちょっと変わった声なのが、かえって愛敬《あいきょう》になっている。

　ナクトというのは、オランダ語で「夜」を意味する。理世が故郷の長崎から連れてきたお供は、黒猫のナクトだけだ。尻尾《しっぽ》が鉤型に折れているのは生まれつきである。長崎には、こうした「尾曲がり猫」が多い。

臆病なナクトだが、このところ、ようやく理世の部屋から出ることができるようになった。おいしい匂いをさせる台所には、自分の足で近寄っていったりもする。朝夕の涼しい間、理世が見守っていれば、おっかなびっくり庭に降りることもある。

「ごはんにしようか、ナクト」

声を掛けると、理世を見上げたナクトは、にゃあと機嫌よく返事をした。

台所のほうへ歩きだした理世に、ナクトはつかず離れずついてくる。

広縁の廊下を行くうちに、奉公人たちの部屋から吾平が出てきた。着物は、ほかの下男に借りたようだ。存外がっしりとした体つきなので、裄《ゆき》が少し合っていない。髭も月代《さかやき》もきちんと剃《そ》ったので、優しげに整った顔立ちがよくわかる。

吾平は理世を見て、あっ、と声を上げた。止める間もなく平伏し、深々と頭を下げる。

「おはようございます、理世お嬢さま。ゆうべはとんだ失礼をいたしました。考えもなしに押しかけてお騒がせしてしまい、お詫《わ》びのしようもありまへん。一晩こちらでしっかり休ませていただき、頭が冷えました。昨夜の手前はくたびれすぎて、頭が働いてへんかったんです。堪忍《かんにん》してくださいませ」

理世は面食らって立ち尽くした。ナクトはとことこと歩いていって、吾平に体をすり寄せた。びっくりした様子で、吾平は思わず面を上げる。鼻先を、曲がった尻尾がかすめていく。

「ね、猫さん？」

ナクトは吾平に甘えるでもなく、気まぐれそうな目をして理世を振り仰いだ。

理世は、四つ足で立つナクトと四つん這いになった吾平に見上げられて、居心地の悪さを感じた。しゃがんで目の高さを揃えてから、吾平に言った。

「この子にごはんをあげないと。それに、将太兄さまにも朝餉を届けないといけません。台所はあっちです。吾平さんも一緒に来ますか？」

「へ、へい。お供させていただきます」

ナクトを先頭に、理世と、少し遅れて吾平が続く。ナクトが台所に踏み込む直前に、理世は黒くしなやかな体をつかまえた。

「駄目。台所や薬部屋、診療部屋には入ったら駄目って言われているでしょう？　いい子にしていなかったら、父上さまにつまみ出されるんだから」

「にゃーん」

ナクトが不満げな声を上げた。その声が、台所で立ち働く女中たちの耳にも届いたようだ。

カツ江が漬物を切る手を止め、理世に笑みを向けた。

「おはようございます、お嬢さま。将太坊ちゃまのお弁当は、もう少しお待ちくださいまし。今、炊いたお米を蒸らしているところですからね」

「はい。先に猫のごはんをいただこうと思って」

「クロちゃんのごはんでしたら、昨日の冷やご飯と魚のほぐしたのを、器に盛ってありますから」

父も母も奉公人たちも、ナクトのことをクロと呼ぶ。父に「異国の言葉で名づけるなどと、そういった風変わりな趣向は世間で人気かもしれぬが、この大平家にはふさわしくない」と咎《とが》められたからだ。

ナクトがよそへやられてしまうことを思えば、名前を変えるくらい、大したことでもなかった。理世も人前ではナクトをクロと呼ぶ。本当の名で呼ぶのは、理世ひとりのときか、将太と一緒にいるときだけだ。

「クロのごはん、いつもの御櫃《おひつ》の中ですか？」

「ええ。少々お待ちくださいね」

台所には、カツ江を含め三人の女中が朝餉の支度をしているが、各々《おのおの》手がふさがっている。理世はナクトを抱えているので、中に入れない。

吾平が柔らかな物腰で問うた。

「ご婦人がたの仕事場に男が踏み入ってよろしければ、手前が猫さんのご飯をお取りしましょうか？　ああ、いえ、もしもゆうべの騒動のことを堪忍してくれはるんなら、と初めに訊かんとあきまへんね。ゆうべはほんまにお騒がせしました」

理世はカツ江に目顔で問うた。カツ江は愛想のよい笑みで応じた。

「どうぞお入りくださいまし。クロちゃんのご飯は、その御櫃の中に、もう器に盛った形で入れておりますから」

「ほんなら、失礼します」

吾平の言葉や物腰は柔らかい。昨日と違って髭をあたり、髪を整え、古着ではあっても清潔な着物を身につけている。

女中たちが手を止め、吾平の様子をじっと見るのがわかった。昨夜、強情を張って大声を上げていた小汚い旅装の男が、本当にこの人なのか。そう言わんばかりの顔だ。

ナクトのご飯の器は、長崎でもよく見かけていた波佐見焼《はさみやき》の茶椀だ。土の色そのままの風合いが朴訥《ぼくとつ》な印象である。端のところが少し欠けているために使われなくなっていたのを、理世がもらい受けてナクトのための器にした。

理世は、庭の縁石の上に器を置いてやって、ナクトに朝餉を食べさせた。

朝の仕事に取りかかる奉公人たちが、そばを通り過ぎながら、理世に会釈《えしゃく》をし、ナクトに笑みを向ける。吾平をまじまじと見る者もいる。

大平家は奉公人の数が多い。女中が五人と下男が五人。屋敷で働く者たちに加え、邦斎や丞庵が往診に出掛けるときに薬箱を持つ小者が、それぞれについている。さらに用人を務める長谷川桐兵衛とその妻が、大平家の内証《ないしょう》を任されている。

ときどき、奉公人がさらに増える。亀戸に別邸があり、そちらから応援が来ることがあるのだ。大平家には来客が多いので、そのもてなしにも人手がいる。手厚い世話の必要な患者が担ぎ込まれることもある。

理世は、住み込みの奉公人は顔も名前も覚えたが、亀戸のほうは顔しか覚えていない。人の顔を覚えるのは得意だ。名を聞けば、その響きを覚えることも苦手ではない。

ただ、理世はまだ漢字を十分に覚えてない。もし「大平家に連なる者の名をすべて書きなさい」と命じられたら、ちょっと難儀する。伯母《おば》や叔父《おじ》の名前の漢字がやや怪しく、点を多く書きすぎたりなどしてしまうのだ。

商家のおなごならば、かな書きの手紙をしたためることができれば十分だった。でも、学者肌の医家である大平家では、もう一段、難しいところまで求められる。

奉公人が通り過ぎるたび、吾平は深々と頭を下げてあいさつをする。のっぺりと整った顔立ちが柔らかそうな印象を与えるのだが、実のところ、張り詰めているようだった。無理もないだろう。まだ当主一家と顔を合わせてはいないものの、厳格な家柄であることは、すでに感じ取っているはずだ。

理世は吾平に訊いてみた。

「昨日は、江戸に着いたばかりだったんですよね。旅の疲れは癒《い》えましたか？」

吾平は頭を掻いた。

「はい。おかげさまで、久方ぶりにぐっすり休ませてもろうて、すっきりしました。元手もろくに持たん旅で、道中は焦ってばかりでした。そのせいで、目に映るもんが、こう、ほんのわずかになってしもうてましたわ」

「将太兄上さまを訪ねてこられたのですよね？」

「へい。将太さまには、ええ夢を見せてもろうてたんです。ただの夢と違います。江戸に戻って力をつけたら、いつか現《うつつ》にできるかもしれん夢や、と言うておられましてん」

「夢？」

吾平は微笑んでうなずいた。それから、遅ればせながらといった様子で、改めて理世に尋ねた。

「将太さまには、江戸の家族のことも聞かせていただいていました。しかし、妹さまがおられるとはおっしゃっておりまへんでした。理世お嬢さまがこちらにいらっしゃるんは、何か事情がおありなんでしょう？」

「はい。わたし、縁組のために、大平家の養女になったんです。大平家は、医家として名が知られています。このように大きな屋敷に住んでいて、お金もあります。その大平家との縁組を、と先方がおっしゃったそうです」

「ああ、なるほど。おめでたい事情やったんですね」

理世はかぶりを振った。

「その縁談はなくなりました」

「なくなった？　なぜです？」

「わたしも、詳しい話は聞かされずじまいなんです。相手方に何か問題が起こったらしくて。わたしが江戸に着いたときにはもう、縁談が流れることが決まっていました」

「それは難儀なさったでしょう。せやけど、ご実家にも戻らずにこちらのお屋敷にいらっしゃるのは、何かわけが？」

「実家が遠方なもので。すぐに祝言を挙げる、嫁ぎ先ですべてお世話していただける、という話だったので、道中は実家の者たちも一緒でしたが、江戸に着いてからのお供はこの子だけ。大平家に置いてもらえて、本当に命拾いしました」

ねえ、と理世はナクトに言った。

ナクトが朝餉を平らげ、満足そうに舌で口のまわりをぺろりと舐《な》めた。せっせと前脚を舐めては顔をこすり、きれいにしていく。

理世は手を伸ばし、ナクトの背中に触れた。つやつやとした毛並みは、上等な絹よりも手ざわりがよい。

クロさんはかわいらしいなあ、と吾平が歌うように言った。それから、吾平は理世に問うた。

「理世お嬢さまも、よそから江戸へ来はったんですね」

「はい。長崎から」

「な、長崎っ！」

吾平が大きな声を上げたので、理世はびくりとしてしまった。吾平は口を押さえ、「すんまへん」とこうべを垂れた。

「長崎にお知り合いでもおられるんですか？」

「ええ、まあ、事情がありまして……そのあたりのことを、大平家の旦那さまにもお話ししたいんです。ええと、まずは将太さまに事情をお伝えして、旦那さまにつないでいただくんがよろしいでしょうか？　何せ、こない大きなお家やとは思うてへんかったさかい、心構えも何もできてへんのですわ」

「そうですね。でも、将太兄上さまはもう出掛けました。すぐ近所です。将太兄上さまが手習いの師匠をしていることは、吾平さんもご存じですか？」

名を呼んだ途端、吾平がぴくりと跳ねた。

「吾平、と呼び捨てにしはってください。身寄りのない、卑《いや》しい身の上の男です」

「わたしも本当は武家の娘ではないのですけれど」

「いや、それでも、理世お嬢さまはきちんとしたお家にお生まれにならはったんでしょう？　ご実家はずいぶん大きな商家なんと違いますすか？」

「わかりますか」

「はい。手前の主やったお人は学者先生で、いろんなお家の人が学びに来てはりました。武家には武家の、商家には商家の行儀作法や身のこなしがありますさかい、おおよそわかるもんですよ」

「わたし、これでも、武家の女の行儀作法を教わっています。でも、身に染みついたものは、なかなか変えられない。お辞儀ひとつ取っても、駄目なんです。わたしはまだ、商家の頭の下げ方をしてしまいます」

吾平は理世を慈しむような目をして、ゆっくりとかぶりを振り、頭のてっぺんが見えるくらいに深く頭を下げた。

「責めるつもりで言うたんと違います。気にしてはるところに触れてしもうて、申し訳ありまへん。理世お嬢さまは、きちんとしておられますよ。武家の大平家のお嬢さまとして、おかしなところはありまへん」

自分を卑しいなどと言う吾平だが、仕草も物腰もどことなく品がある。おっとりと優しげに響く言葉遣いのためもあるだろう。

「京の言葉がうらやましいです。そのままでも美しいから。わたし、訛りを直したいんです。でも、まだ江戸の言葉で話すのがうまくできません。長崎の言葉ではとっさに言えることでも、こちらの言葉では出てこない。望むとおりにしゃべれなくて、悔しいんです」

本当の理世は、もっとおしゃべりだ。目に映るもの、耳に入ってくるもの、ふと嗅《か》いだよい香り、風が運んでくる熱や雨粒、おいしいお菓子の舌ざわり、何でも言葉にしてしまいたい。

だが、思いのままを言葉にし、べらべらとしゃべりすぎてしまうのは、武家の娘としてふさわしくない。はしたない振る舞いだ。しかも理世は長崎の訛りが抜けないままなのだから、なおのこと、父と母の求める姿から外れてしまう。

「訛りのあるままでしゃべってはならんのでしょうか？」

「京言葉なら、そのままでいいでしょう。江戸では、呉服屋の旦那さんや番頭さん、手代さんは、京言葉を話すほうが人気があるくらいです。江戸の言葉と違って、京言葉は柔らかいでしょう？　それを男の人がしゃべるのが、江戸のおなごに受けるんですって。吾平さんもきっと人気が出ますよ」

吾平はぽかんと口を開いた。

「手前が？」

「はい。男前ですもの。持てるでしょう？」

「ま、まさか！　こんなしょうもない男をつかまえて、からかわんといてくださいよ！」

吾平は慌てたそぶりで手を振った。まなざしをうろうろとさまよわせて、しまいには目を伏せてしまう。

何だかかわいい人だ、と理世は思った。素直でまじめで、人当たりがよく、謙《けん》虚《きょ》。なるほど、兄さまとも似たところがある。だから、気が合うのだろう。

「吾平さんは、きっと大平家に置いてもらえます。ちょっと話すだけで、ちゃんとした人だってわかりますから」

「おおきに。ありがとうございます」

「厳しい家風ではあるんですけど、悪い人はいません。ただ、将太兄上さまは、父上さまたちとの間にわだかまりがあって、難しそうにしています」

「少し聞き及んでいます」

「将太兄上さまは、お屋敷では沈んだ顔をして、口を開いてくれないんですよ。わたし、できることはしてあげたいんですけれど。吾平さんも、どうか将太兄上さまの力になってあげてください」

吾平は理世のほうを見て、まぶしそうに目を細めた。「へい」とうなずいて理世から目をそらすと、ナクトのほうに手を伸ばした。ナクトは吾平の指先を一瞥《いちべつ》したが、ぷいと顔を背けた。吾平が苦笑する。

「一見さんは、触れてはあきまへんか」

「ごめんなさい。この子、人見知りで」

「ええなあ。猫さんらしい猫さんで、かわいらしいやないですか」

カツ江が弁当の包みを手に、台所から現れた。

「理世お嬢さま、こちらを将太坊ちゃまに届けていただけますか？」

「はい。任せてください」

理世は立ち上がった。ずっしりとした弁当の包みは、炊き立てのご飯で握ったおむすびが温かい。吾平に目を向けると、吾平も素早く座を立った。

「手前もご一緒してかまへんでしょうか？」

「もちろんです。昨日は将太兄上さまとほとんど話せなかったでしょうし」

「へい。湯をいただいた後、部屋の外からお声掛けさせてもろたんですが、まるで貝にでもならはったみたいに、黙っておられて」

カツ江が苦笑交じりのため息をついた。

「いつものことなんですよ。将太坊ちゃまときたら、このお屋敷の中で、ご自分のお部屋と厠《かわや》のほかへ足を向けることはめったにないんです。ゆうべは違いましたけれど、夕餉も部屋に運ばせて、お一人で召し上がるんですから」

理世でさえ、夕餉をともにできずにいる。部屋にこもっているときの将太が敷居をまたがせるのは、ナクトくらいのものだ。

吾平が理世の前にうやうやしく手を差し出した。

「お荷物は手前がお持ちしますよ」

「ありがとう」

理世は微笑んで、将太の朝餉の包みを吾平に手渡した。

二

本所の亀沢町や相生町のあたりには、大小の武家屋敷が立ち並んでいる。生け垣や板塀で仕切られた屋敷の中は、通りからはうかがうことができない。

いかにも堅苦しい町並みだと、理世も初めは思った。刀を差して歩く、厳《いか》めしい顔つきの武士が怖かった。

また、同じ本所でも、怪しげな浪人やごろつきがたむろする路地や長屋もあるらしい。賭場《とば》や岡場所もあって、神隠しのように人が消える出来事もときどき起こるそうだ。

長崎は商人の町であり、役人の町でもあった。理世の実家は薬種問屋だが、オランダ船や唐船の管理にかかわる役割が町ごとに回ってくるので、そちらの務めもこなしていた。その務めのぶん、箇所銀《かしよぎん》や竈銀《かまどぎん》といった銀の分配が、年に二度、盆と暮れにおこなわれていた。

長崎で見かける武士といえば、江戸から遣わされてくる長崎奉行の一行か、湊《みなと》の警固に当たる福岡藩《ふくおかはん》や佐賀藩《さがはん》などの近隣諸藩の者たちだけだった。地元に根づいた武士というものがいないのだ。

それに比べると、江戸の商家の娘が武士と知り合うことはかなり多いだろう。広い江戸の町のうち、日本橋《にほんばし》などの一部を除いたほとんどが武家地だという。であるから、たとえば奉行所の同心が華やかに活躍するのを見かけて、憧れを抱いたりなどするかもしれない。煮売り屋《にうりや》の娘が、いつもお菜を買っていく独り身の御家人に、淡い想いを寄せることもあるだろう。

もっと身近なところで言えば、子供に手習いを教える師匠には、武家の者が少なくない。

将太の筆子も、半数は町人の子だ。両国橋の向こう側、浅草《あさくさ》や日本橋から通ってくる。

筆子のおっかさんには、将太贔屓《びいき》の人も多いらしい。ずいぶん熱を上げている若いおなごもいる、と聞かされたときは、理世もどきりとした。どんなおなごなのかと問えば、「筆子の妹御から恋文をもらった」と、八つの女の子が一生懸命《いっしょうけんめい》に書いた手紙を見せられた。

本所相生町三丁目にある矢島家の庭には、今朝もすでに男たちの姿があった。将太が、師範代《しはんだい》の龍治と木刀を打ち交わしている。その様子に、下っ引きの寅吉《とらきち》が目を輝かせて見入っている。

将太が龍治に打ちかかった。

「えいッ！」

凜々《りり》しい気迫の声が響く。

しかし、カン、と高い音とともに、将太の木刀は龍治にあっさり払いのけられた。

将太は肌脱ぎになり、見事な体を朝日の下にさらしている。汗で光る肌はまばゆくて、直視しがたいほどだ。

本当に、将太には偉丈夫という言葉が似合う。大きく、たくましくて、美しい。まっすぐな気性が、顔つきにも姿かたちにさえも、そのまま表れている。

相対する龍治は、将太と比べると、いかにも細身で小柄だ。引き締まって無駄のない体は、貧相に痩せているのとは違うが、それでも力感に欠ける。将太が剛力で繰り出す一撃を受ければ、龍治はぺしゃんこに潰《つぶ》れてしまいそうだ。

しかし、理世は龍治が膝を屈するところも吹っ飛ぶところも見たことがない。将太がどれほど激しく木刀を打ち込んでも、龍治は身軽にそれをいなしてしまう。

「牛若丸《うしわかまる》みたい」

龍治の巧みな身のこなしを初めて目の当たりにし、度肝《どぎも》を抜かれたときに出てきた言葉がそれだった。

源《みなもとの》　義経《よしつね》ではなく、牛若丸という幼名のほうを口にしたのは、すべすべした肌の龍治が少年のように見えるせいだった。当時十七だった理世とさほど年が変わらないと思ったのだ。ところが、龍治は理世より六つも上、将太より四つ上で、とっくに二十を超えていた。それを知ったときは、申し訳ないくらい驚いてしまった。

　下っ引きの寅吉は、武士ではない。日頃は蕎麦屋《そばや》で働きながら、捕物や探索の折に目明かしの下働きとして駆り出される。ひょろりとしており、身は軽いし稽古熱心なのだが、剣術の腕前はからっきしだ。素振りをしても、木刀に寅吉が振り回されているように見える。

　それでもこうして毎朝、寅吉は道場の掃除をしに通っている。庭を掃き清めながら将太と龍治の朝稽古を見物するのも、至上の楽しみとしているらしい。掃除の褒美に、朝餉は矢島家で出してもらうようだ。

　寅吉は箒《ほうき》を手に、理世のところへ飛んできた。

「おはようごぜえます！　今朝もまた、手前らの贔屓のお二方は凜々しくも美しい武者ぶりでさあね」

　寅吉の贔屓はこの世に二人いて、一人が龍治、もう一人が龍治の妻の千紘だ。そういうことを本人たちの前でも堂々と言ってのけるのが、寅吉のかわいらしいところである。

　だから、つい理世もつられて、「わたしの贔屓は将太兄上さま」と言ってしまった。それ以来、朝稽古の見物のときは、肩を並べて言葉を交わしている。

ぺこぺこと腰を低くする寅吉は、本当は理世よりずいぶん背が高いはずだ。しかし、見下ろされていると感じることがない。道場や手習所に通ってくる子供たちと話すときなど、寅吉はしゃがみ込んで、子供の背丈より小さくなってみせる。

そんなふうだから、寅吉はするりと人の懐《ふところ》に入り込む。荒事《あらごと》には向かなくとも、人の話を聞いて回る探索においては、抜きんでた成果を挙げるらしい。

おお、と吾平が嘆息した。まさに立ち合いの勝負のように緊迫した将太と龍治の稽古に、すっかり見入っている。

「将太さまは、ほんまに男前にならはった。十七の頃も堂々たる二枚目やったけど、ますます見事な男ぶりや」

理世は得意な気持ちになった。

「京にいた頃の将太兄上さまも、こうして毎朝、稽古をしていたんですか？」

「もちろんです。一生その腕にはかなわないだろうが、いつか一度だけでいいから勝ってみたい相手がいる。その人に失望されんよう、稽古は怠《おこた》れない。そないなことをおっしゃっていました」

「その相手というのは？」

「矢島龍治先生、というお名前は何べんも聞かせてもろとります。あのかたなんでしょう？」

吾平は、違《たが》えることなく龍治のほうを指し示した。

理世と寅吉は同時にうなずいた。寅吉が軽妙な様子で、どうも、とあいさつをする。吾平も名乗り、将太を頼って京から出てきたことを手短に話した。

寅吉が嬉しそうに言った。

「将太先生は、京でも龍治先生の話をしてたんですねえ。ま、当然でさあね。将太先生も手前と同じで、とびっきりの龍治先生贔屓ですから！」

まるで人気役者の魅力を語るかのような言い回しに、吾平はおかしみを感じたようだ。くすりと品よく笑いながら、将太から聞かされたという言葉を口にした。

「将太さまは幼い頃、暴れてばかりの子供やったそうですね。友達はできんし、大人の手にも負えんと言われとったところ、龍治先生が将太さまに木刀を持たせはった。大人が持つにもずしりと重い木刀を、型も技もないまま、将太さまは振り回した。龍治先生は、その危なっかしい将太さまのお相手をしてくれはった」

疲れ知らずの乱暴者だった将太だが、四つ年上で大人顔負けの剣術を使う龍治には、さすがにかなわなかった。へとへとにくたびれたところを見計らって、龍治は将太を、源三郎と勇実の手習所に送り込んだ。

そのとき初めて、将太はしっかり机の前に座り続け、筆を執《と》って自分の名前を白紙に書きつけることができたという。

理世も同じ話を聞いている。わずかに気まずさを交えた、けれども誇らしそうな顔をして、隠すこともなく将太は教えてくれるのだ。

「龍治先生との剣術稽古、初めはめちゃくちゃに食ってかかるだけだったんですって。それがだんだん、型どおりの素振りができるようになった。踏み込む足の右と左を間違えず、力の入れ方と抜き方を覚えて、動けるようになっていった。その積み重ねの先に、今の将太兄上さまがあるんです」

あり余る力を剣術稽古で発散させること。いつも力んでばかりだった体を、緩めてみること。体を動かしながら声を出し、素振りの数をかぞえること。

そういったことが一つずつできるようになるにつれ、手習所で机に向かうことも身についていった。怒鳴ったり唸ったりせずに、言葉が出るようになった。紙を一枚ずつつまんだり、とんぼを潰さずにつかんだり、できるようになった。

そんなふうにして俺は鬼子から人の子になったんだ、と将太は言う。初めの一歩目を一緒に踏み出してくれたのは、木刀を持った龍治先生だったんだ、と。

だから毎朝こうして龍治と稽古をすることは、将太にとって、自分の礎《いしずえ》を確かめる意味も持つのだろう。

木刀が激しく打ち交わされる。

思いがけないほど大きな音が鳴るので、初めのうちは、理世はつい、びくりとしてしまったものだ。

将太が龍治めがけて、斬撃を打ち下ろす。

「やァッ！」

だが遅い。龍治はすでに将太の腕をかいくぐり、その側面に回り込んでいる。

「甘い」

龍治は真横から木刀の切っ先を将太の喉元に突きつけた。ぴたりと寸止め。将太はそれ以上踏み込めない。

将太は、ふう、と息をついた。

「消えるんですよね、龍治先生は」

「消えてねえよ。将太の弱点は、見る範囲が狭すぎることだ。目の前にあるものだけを一生懸命に見ようとして、どつぼにはまる。これをこんなふうに見なければならないと、自分を縛りすぎだ。おまえは十分しっかりできているんだから、少しくらい型から離れてみてもいいんだぞ」

「型から離れる？」

「俺とこうして一対一で打ち合う朝稽古の間だけでも、自分に対する縛りを緩めてみたらどうだ？　おまえが俺に勝てないのは、臆病だからだ。もっと思い切ってみろ」

将太は、うう、と唸った。彫りの深い顔は、ころころと表情を変える。特に唇だ。厚みがあってつやつやとした唇が、いろんな形をとる。渋面《じゅうめん》になると、下唇を突き出すようにするのが少し子供っぽい。

眉がまたよく動く。稽古の間はあんなに凜々しく吊り上がっていたのが、今は困り果てて、情けない八の字になっている。

理世はこっそりと笑った。兄さまの眉と唇はかわいい、と思う。とっさに言葉が出ないときでも、あの正直な眉と唇を見ていれば、将太が何を感じ何を考えているのか、おおよその察しがつく。

初めて歌舞伎《かぶき》見物に行ったとき、役者がまるでお面をつけ替えるかのごとく、その場その場でがらりと表情を変えるのに驚いた。が、将太の百面相も負けてはいない。ついでに言えば、錦絵《にしきえ》に描かれた役者よりも、将太の何気ない素顔のほうが、雄々《おお》しくも美しいと思う。

龍治が将太の胸を拳《こぶし》で軽く小突いた。

「今朝のところは、このへんで切り上げよう。水を浴びて汗を流して、朝餉だ」

「はい。ありがとうございました！」

普段なら、ここで龍治は理世に「おはよう」とあいさつをして、さっさと井戸のほうへ向かっていく。だが、今日は違った。吾平がいるためだ。

「見ない顔だが、将太の知り合いか？　俺は矢島龍治といって、この道場の師範代を務めている」

気さくに声を掛けてくる龍治に、吾平は深く頭を下げてあいさつをした。

「お初にお目にかかります。吾平と申します。将太さまは京での遊学の折、手前の主の屋敷に寄宿してはったんです。そのご縁で、将太さまには、えらい親しゅうしていただいておりました」

「ああ、なるほど。それで、吾平さんは将太を頼って江戸に出てきたのか」

「へい。できることなら、将太さまのお近くで、下男として働かせていただければと思うてます」

用意のいい寅吉が、龍治に手ぬぐいを差し出した。将太のぶんは理世が手渡す。

将太は吾平に言った。

「昨日はろくに話ができず、すまなかった」

「いえ。手前こそ将太さまのご迷惑も考えず、申し訳ありまへんでした。あんな遅い刻限では、将太さまのお父上、大平邦斎さまにお目通りできひんのも当然でしたし」

大平邦斎の名を出された途端、将太は歯切れが悪くなった。

「……俺の父と話したいのか？」

「へい。お許しをいただけるのであれば、お屋敷で働かせてもらいたいんです。それとも、すでに奉公人も十分にいてはって、手前の出る幕なんぞありまへんか？」

「どうだろうな……屋敷の内証は、俺は少しもわからん。だから、その……」

将太の眉がまっすぐになる。眉間には皺が刻まれている。目元も頬も口元も、苦しそうに力がこもってしまっている。引き結ばれた唇は、形がよいせいで、ひどく頑《かたく》なな印象に見える。

困って、悩んで、逃げ出したくて、うまく物事を考えることができないのだ。家族の話をよそでするときも、屋敷の中で家族と話をするときも、将太はこんな顔をする。表情を強張《こわば》らせたまま、顔を伏せたきり、動けなくなる。

助けてあげたい、と思った。

将太が父や母の前でどうしても上手に話せないのなら、理世が代わってあげたい。

だが、理世が声を上げるより先に、将太の名を呼ぶ声があった。

「将太坊ちゃま、今、よろしゅうございますかな？」

びくりとして、将太は門のほうへ向き直った。

矢島家の女中のお光《みつ》に伴われて、大平家の用人である桐兵衛がこちらへ歩んでくる。

「と、桐兵衛、何の用だ？」

「旦那さまからの言伝《ことづ》てでございます。吾平どのの件を申し上げましたところ、『本日、夕の七つ半（午後五時頃）に座敷に参れ』とのこと。吾平どのがなぜ江戸に下り、ほかならぬ将太坊ちゃまを訪ねてきたのか、京でいかなる交友があったのか、将太坊ちゃまのお口から旦那さまにお話しいただきます」

四角四面な態度でそれだけ告げると、桐兵衛はきびすを返して去っていった。将太の返事を待つでもなく、こちらを振り向きもしない。

理世もほかの皆も、将太の様子をうかがった。

将太は、途方に暮れた顔で立ち尽くしていた。

三

吾平はその日、大平家の奉公人たちに交じって働いていた。

庭で草取りをしていたかと思えば、女中たちに交じって洗濯を手伝い、力仕事は進んで引き受ける。柔らかな物腰に加えて勘がよく、どんな仕事も厭わない。奉公人たちはあっという間に吾平を受け入れた。

中でも、老女中のカツ江は吾平を歓迎した。

「将太坊ちゃまのお世話は、ほとんどあたくしひとりでやっておりましたから、お若い人に手を貸してもらえると、大助かりですよ」

カツ江は、幼い頃の将太がいかに不憫《ふびん》であったかをよく知っている。鬼子と呼ばれて、親きょうだいからも遠巻きにされていた。多くの奉公人も、力が強くて暴れん坊の将太を疎んじ、あるいは恐れていた。

ただ一人、カツ江だけは、将太がいつか落ち着いてくれると信じていたらしい。なぜそれができたのかと問えば、「昔むかし、あたくしの弟がそんなふうだったのですよ」と教えてくれた。年の離れた弟だが、長じるにつれて心優しい力持ちになり、今では相州《そうしゅう》の武家に仕えているそうだ。

カツ江が信じたとおり、将太もまっすぐな好青年に育った。潑溂として、素直で優しく、豪快なところもあるが、思慮深くもある。力が強くて剣術の腕が立ち、筆子が怪我をしたり熱を出したりすれば、医家育ちの技を見せもする。

しかし、それも屋敷の外でのことだ。

屋敷に戻れば、将太は相変わらず、鬼子であった頃の呪いに囚《とら》われている。鬼の咆哮《ほうこう》を発することを恐れるかのように、貝のごとく口を閉ざして押し黙るのだ。

強張った顔に筋骨隆々とした体つきの将太は、屋敷の外での様子を知らない奉公人たちにとって、恐ろしいものと映るらしい。理世も初めに「末っ子の将太さまは鬼のような人」と聞かされていた。びくびくしながら対面してみたら、まったくもってそんなことはなかったのだが。

ともあれ、将太は大平家の奉公人たちに避けられている。今日の昼餉は、カツ江の代わりに、吾平が勇源堂まで届けに行ったらしい。

江戸では珍しい京言葉をしゃべる吾平に、筆子たちは寄ってたかって質問を浴びせたのだそうだ。

「手前が旅の話を聞かせてやると、筆子さんらはおもしろがってくれはりました。元気な子らですね。将太さまが慕われてはることも、よう伝わってきました」

吾平は嬉しそうに理世に教えてくれた。

しかし、邦斎との約束の夕七つ半が近づくにつれ、吾平もだんだん張り詰めていくのが見て取れた。

やがて将太が帰ってきた。剣術稽古にも集中できなかったようで、腕にあざをこしらえていた。水浴びと着替えを済ませると、約束の刻限だった。

将太と吾平は沈鬱《ちんうつ》な面持ちで座敷に向かっていく。理世もはらはらしてしまい、一緒に行ってみることにした。

父の邦斎と母の君恵、長兄で嫡男の丞庵は、座敷で将太と吾平を待ち受けていた。二人に続いて理世も座敷に入る。邦斎からも君恵からも咎められなかったので、隅のほうに座った。

吾平は座敷に膝を進めてからずっと、這いつくばるようにして頭を下げていた。まるで一国の殿さまにでもお目通りするみたいだ、と理世は思った。

邦斎の太く張りのある声が、ずしりと響いた。

「面《おもて》を上げなさい。そう畏《かしこ》まられるほど大層な家でもない。我が家は無役の御家人に過ぎぬ」

「へい。では、失礼いたします」

吾平は面を上げた。腰は低いが、卑屈《ひくつ》なわけではない。ぴんと背筋を伸ばして、まっすぐに邦斎と向かい合う。

そうするのが正しいと、奉公人の誰かから聞いたのかもしれない。邦斎は、相手が変にへりくだるのを嫌う。医者の前に身分の貴賤《きせん》はない、という信念の持ち主だ。奉公人でも子供でも、堂々と自分の言葉で話せる者を、邦斎は好む。

吾平の度胸も大したものだ。邦斎に応じた声も震えていなかった。内心ではびくびくしているのだとしても、それを表に出さずにいるのだ。

理世は、初めて父や長兄と相対《あいたい》したときのことを思い出した。驚きと恐れのために、思わず息を呑んだのをよく覚えている。幼い頃だったら、泣きべそをかいたかもしれない。

というのも、大平家の血筋の者は例外なく体が大きいのだ。背を屈めて鴨居《かもい》をくぐってくる姿を見て、何という巨漢かと驚いた。

邦斎も丞庵も、将太と同じくらい上背がある。若くて鍛練好きな将太はもちろんのこと、五十二の邦斎も、稽古するところを見掛けない丞庵も、がっしりと骨太で胸板が厚い。

母の君恵は、背丈こそ高くないものの、はち切れそうにむっちりと健やかな体つきをしている。年は五十だが、ずっと若々しく見える。邦斎が低い声で短く、ずしりと重たい言葉を発するのと裏腹に、君恵はきびきびとして口数が多い。

座敷がしんとしかけたところで口を開いたのは、やはり君恵だった。

「吾平さんとおっしゃいましたね。我が家での奉公をお望みだとか。将太を訪ねて京からやって来られたわけをお話しくださいまし。今までのあなたの奉公先は、いかがしたのです？」

「へい、お話しします。手前は京の都で、儒者の中林藤山《なかばやしとうざん》先生のもとで下男として奉公をしておりました。身寄りのない幼子《おさなご》の手前を引き取り、働かせてくださったのが藤山先生やったんです」

「将太の寄宿した先が藤山先生のお屋敷でしたね。邦斎の親戚が、昌平坂学問所の教授の一人なのですが、藤山先生のお父上と同門で学んでおられたことがありました。そのご縁で伝手《つて》をつないでいただき、将太のことをお願いした次第でした」

「中林家の大先生が亡くならはったとき、江戸の学問所の先生から弔《とむら》いの漢詩が届きました。邦斎先生のご親戚というかたは、その先生でしょう」

「かもしれませんね。中林家の大先生はもちろん、藤山先生とも、邦斎は幾度か文を交わしております」

「さようでしたか。しかし、あの、ご無礼を承知で申し上げますが、藤山先生からの手紙はまともなものでしたか？」

「まともとは、どういうことです？」

「ずいぶんと変わったお人なんです。型破りもええところで、それは素晴《すば》らしいことでもあるんですが、振り回されることも多々ありまして」

「それは、あなたがいきなり江戸の将太を頼ってきたことの理由でもあるのですか？」

　吾平は息をついた。その弾みで肩が下がった。声にも、しょんぼりとした響きが混じった。

「まさしく、そのとおりです。藤山先生はもともと、ご自分の学派の儒学のみならず、ほかの学派でも、それどころか国学でも蘭学《らんがく》でも、とにかく何にでも『おもろい』と言わはるお人です。増える一方の蔵書は、さまざまな学問を網羅《もうら》するものでした。せやから、いろんな素性《すじよう》の学者が藤山先生のもとを訪ねてきてはったんです。そうした付き合いを通して、藤山先生は、シーボルト先生のお噂を耳にしてしまいました」

邦斎が、ぴくりと眉を動かした。丞庵が、もとより大きな目を見張った。シーボルトの名を、二人とも知っているのだ。邦斎が口を開いた。

「シーボルト先生とは、長崎に鳴滝塾《なるたきじゆく》なる学問所を開いたという、オランダ商館医のことだな。オランダ人が出島の外へ出ることは元来許されないが、優れた医術と博学のため、掟破《おきてやぶ》りの学問所さえ奉行所に認められたと聞くが」

「へい。シーボルト先生のもとで蘭学と医学を究《きわ》めるべく、日の本じゅうの優れた蘭学者が長崎を目指し、鳴滝塾に集《つど》いつつあるそうです。藤山先生はその話にたいそう感銘を受けて、さっさと蔵書と屋敷を売って金をつくると、長崎に行ってしまわれました」

「儒者が蘭学を究めに、長崎の異人のもとへ行ったというのか」

「さようです。手前はいくばくかの銭をいただき、好きに生きよ、と告げられてしまいました」

理世は将太の横顔をうかがった。

奇妙な顔をしている。かつて世話になった儒者の唐突な出奔《しゅっぽん》に驚いてはいるが、両親や兄がいる場では、やはりうまく言葉を発せない。おかげで吾平に助け船を出すこともできずにいる。

君恵に促され、吾平は話を続けた。

「手前には身寄りもなく、頼れる伝手は、藤山先生のもとに寄宿してはった学者先生たちだけでした。その中でも、将太さまやそのお仲間は、手前にとって特別なかたがたでした。それで、まずは紀州《きしゅう》に向かったんです。京から紀州なら、大した旅でもありまへん。手前は、紀州の山崎屋《やまざきや》いう大きな材木問屋を訪ねていきました」

将太が、震える声を押し出した。

「霖五郎《りんごろう》さんのところか」

「へい。ですが、霖五郎さまには会えへんかったんです」

「なぜ？」

「霖五郎さまは、京から戻った後も、遊学を繰り返してはるそうです。次の遊学先は江戸やいう話やったんで、ならば手前も江戸を目指そうと決めました。将太さまや霖五郎さまが語ってはった学問塾を、これから現のもんにしていくときやと思ったんです」

邦斎が聞き咎《とが》めた。

「学問塾だと？　将太よ、もしや、自分たちで塾を開いて学問を進めようとでも語っておったか？」

邦斎のまなざしがまっすぐ将太に向けられた。

将太はびくりと体を強張らせた。目を伏せようとするところへ、邦斎の声が飛んでくる。

「目をそらすな。答えよ、将太」

「……はい」

「おまえは京で何を学び、仲間と何を語った？　おまえの口からまともにその話を聞いたことがない。手紙こそ寄越してはおったが、ありきたりの、型にはまったものばかりであったな」

「それは……」

「話してみよ。今、吾平どのが口にした学問塾とは、何のことだ？」

将太の膝の上の拳が震えている。ごつごつした節が白く見えるほど、きつく力が込められている。肩や背中まで、がちがちに力が入って震えているようだった。

「俺は、じゅ、儒学だけでなく、国学や唐土の歴史、漢詩に日の本の古歌、ほんの少し医学も……オランダ渡りの医学も、いろいろと、話を聞く機会がありました。異なる学問を知れば、互いに食い違う説もあって、そこで論を闘わせる学問仲間たちの話が、とてもおもしろくて……こんな場がほしい、と望みました」

「こんな場とは？」

「さ、さまざまな学問を、心の赴くままに、一つの場で学ぶことができる……そういう塾があれば、と。な、ないならば、今の世にまだ存在しないのならば、自分たちで打ち立てよう、という話を、していました。まったく新しい、開かれた、学問塾です」

震えて、ときにガリガリと歯ぎしりの音を立てながらも、将太は告げた。

吾平は固唾《かたず》を呑んで将太を見つめている。心配でたまらない、という目をしている。

きっと吾平は、江戸に出てきたことで初めて知ったのだ。屋敷の外と中で別人のようになってしまう、かつて鬼子であった将太を。血のつながった家族をこれほどまでに恐れている、息苦しそうな将太を。

理世は邦斎の顔をうかがった。漢方医らしく頭を丸めている。その形のよい額やこめかみには、いつもうっすらと血脈が浮き出ている。

怒っている様子はない。ただ、じっと考えている。眉間の皺は深く、消えることなどないかに見える。

君恵と丞庵がちらちらと邦斎のほうを見やって、言葉を待っていた。

やがて、邦斎は言った。

「新しい学問塾など、ならぬ。立場をわきまえよ」

将太が、打たれたようにびくりと震えて、顔を上げた。口を開くが、声は出ない。尖《とが》った喉仏のあたりが、ひくひくと動くだけだ。

理世は思わず、声を上げた。

「父上さま。将太兄上さまたちの学問塾は、なぜいけないのですか?」

「問うまでもないことだ。まともな学派に属さぬ学問塾が、この江戸で立ち行くはずがない。厄介の身の上である三男坊が何の後ろ盾もなく学問塾を興すなどと、たわけたことを申すな。なるほど、遊学の折に語り合ったことは楽しかったかもしれぬな。だが、そんなものは子供の見る夢物語だ。現にはならぬ」

　邦斎は言い放つと、将太から目をそらした。

「そんな、父上さま、お待ちください。将太兄上さまだって、ただ楽しいだけではなく、きっと考えがあって……」

　君恵が理世にまなざしを向けた。咎めるまなざしだった。理世はこの場にいることを許されてはいるが、口を開くのはさすがに出しゃばりすぎだ。それを感じ取った理世は、口をつぐんで頭を下げた。

　衣擦《きぬず》れの音を立てて、邦斎は立ち上がった。立ち去る間際、敷居の手前で足を止め、短く告げた。

「吾平どのは大平家で奉公してもらおう。屋敷付《づき》の下男としてでも、将太の小者としてでも、好きな働き方を選ぶとよい」

　君恵がきびきびとした口調で言い添えた。

「こちらで働くと決めたからには、よそへ行ってもらっては困りますよ。江戸には、若い男が一人で暮らしていけるだけの仕事など、ごまんとあります。ですが、いかがわしい仕事が多いことも事実。この大平家と関わりを持った以上、身持ちはきちんとしていただきます」

吾平は、座ったまま飛び上がり、すぐさま這いつくばった。

「へい！　肝に銘じて、しっかりと奉公させていただきます！」

「よろしく頼みますね」

君恵はそう言って、邦斎を追って座敷から出ていった。丞庵も無言のまま、それに続いた。

理世は、座ったままの将太のそばへ膝を進め、大きな背中にそっと触れた。

「兄さま、大丈夫？」

将太の背中は、まだ細かく震えていた。だらだらと汗をかいているのは、部屋が暑いせいではあるまい。

嚙み締められた唇には、歯の痕がくっきりと残っていた。

四

両親と長兄が去っていった座敷で、将太はしばらくの間、荒い息をしながら立ち上がれずにいた。幾度も心配の言葉を掛けてくれる理世と吾平にも、なかなか顔を向けることができなかった。

やっと落ち着いてきたときは、四半刻《しはんとき》（約三十分）も経っていたのではないだろうか。日が暮れたようで、部屋は薄闇に沈んでいた。

「すまなかったな」

将太はぽつりとこぼした。

理世も吾平も、勢いよくかぶりを振った。まるで自分たちのせいで将太が叱られてしまったとでも思っているみたいだ。

「将太兄上さま、さっきはごめんなさい。わたし、出しゃばってしまって、父上さまのご機嫌を損ねたわ」

「手前も、ほんまに申し訳ありまへんでした。将太さまのお家の事情を察しもせずに押しかけてしもうて」

「いや、二人とも謝らないでくれ。何もかも、まともに父と話せなかった俺のせいだ。まったく、ぶざまなものだろう？」

理世がそっと将太の手に触れた。硬く握り締めていた拳を、理世の細く柔らかな指先がほどこうとする。将太はされるがままに手を広げた。

「そろそろ夕餉でしょう。わたし、今日は将太兄上さまと一緒に夕餉を食べてもいい？」

「しかし……」

「父上と母上には、お昼のうちに許しをいただいておきました。吾平さんも」

吾平が自分の鼻先を指差し、目を丸くした。

「手前も？」

「はい。将太兄上さまはいつも一人で、遅い刻限になってから夕餉を召し上がっているんです。でも、今日はこうして、ちょうど顔を合わせているから」

将太はぎこちなく笑ってみせた。

「そうだな。今日は三人で飯にしよう。吾平、カツ江に頼んで、俺の部屋に三人ぶんの膳を運ばせてくれ」

用事を言い使った吾平は、「へい！」と元気よく返事をし、ぱっと立って座敷を出た。理世も「手伝う」と言って、吾平を追いかける。

いったん座敷を出た後、理世は再びひょっこりと顔をのぞかせた。

「兄さま、お部屋に帰っとってね。夕餉の後はお話ししましょう。よか？」

言うだけ言って、理世は廊下を渡っていった。

将太はのろのろと座を立った。座敷を出たところで、人の気配に気づいて、びくりとする。

次兄の臣次郎が、腕組みをして柱に背を預けていた。将太が出てくるのを待ち構えていた様子で、にやりと笑った。

「久方ぶりに親父と話して、どうだった？　悩みがあるなら、俺が聞いてやるぞ」

父や長兄がきれいに頭を丸めているのと違い、臣次郎は総髪《そうはつ》を儒者髷に結っている。

臣次郎は独り身で身軽なのもあって、亀戸の別邸とのつなぎを果たしたり、手が足りないところへ飛んでいったりと、神出鬼没《しんしゅつきぼつ》だ。将太が朝稽古に出るときに、夜通しどこかで仕事をしていたらしい臣次郎と鉢合わせになることが、たまにある。

つかみどころがない臣次郎は、将太にとって、父とはまた違った意味で苦手な相手だった。一人きりで飄々《ひょうひょう》として何でもこなしてしまう。そんな臣次郎が、うらやましくも不気味なのだ。

「座敷の外で聞いていたんでしょう？　ぶざまな俺の言葉も、何もかも」

押し殺した声で言えば、臣次郎は首をかしげて笑ってみせた。

「さて、どうだろうな」

「からかう相手を探しているのなら、俺は向いてません」

将太は、会釈するふりをして顔を伏せ、臣次郎に背を向けた。廊下を走りだしたい衝動を抑える。

背中に臣次郎の声がぶつけられた。

「学問塾の話、おもしろそうじゃないか。だが、親父の言うとおり、夢と現は分けて考えたほうがいいな。望めば何でも手に入るというわけでもない。一人ひとりの人間に成《な》し遂《と》げられることなんざ、ほんの小さな籠に収まる程度だよ。籠からあふれちまうほどの望みなど、手を出すものじゃあない」

思わず足を止める。震える喉に力を込めて、どうにか言葉を発する。

「……俺ひとりではなく、仲間で……皆で、成し遂げようと、話していたんです」

「それでもだ。おまえは、いっときとはいえ、儒学も国学も蘭学も縦横無尽《じゅうおうむじん》に楽しむことができたんだろう？　その思い出を胸に秘めて、大っぴらには何も語らないほうがいい」

そんなに外聞の悪いことを、俺は言ったんでしょうか？　なぜ、おもしろいと感じるがままに多くを学ぶことが許されないんです？　学派だとか、流儀だとか、免状だとか、そういうものが学問においてどのくらい大事なんですか？　問うてみたい言葉は、将太の喉元で石のように固まって、声になってくれなかった。将太は拳を握る。背後で臣次郎のため息が聞こえた。

「俺や親父を敵だと思うなら、それでもいいさ。ただ、これだけはわかっておけ。おまえの邪魔《じゃま》をするのは、おまえやその仲間の身を案じているからだ。武家に生まれた男は、生まれながらにして囚われの身なんだよ。みずから選ぶことなど、できやしない」

臣次郎は衣擦れの音をさせて、去っていった。


夕餉を食べる間も、言葉や声が喉元に引っかかってくすぶったまま、将太は押し黙っていた。理世も吾平も、気まずい夕餉になってしまったのではないか。話をしたいと言ってくれた理世も、結局、夕餉の膳を片づけた後、すぐに自分の部屋に戻ってしまった。

「駄目な日だったな」

つぶやいた将太は、文机《ふづくえ》の上の帳面を開いた。

半紙を綴《と》じて作った帳面は、もうまもなく、おしまいまでたどり着いてしまう。半年ほど前から書いている日記だ。ただし、将太ひとりの日記ではない。

表紙を開いて一枚目に綴られているのは、理世の字だ。伸びやかでどっしりとした、いっそ男前なくらいの字である。どうしても聞いてほしい話では、語る声が大きくなるように、理世の字は大きくなる。しゅんとして元気がない日には、小さく縮こまった字になる。

将太は逆に、一つずつ粒を揃えるよう確かめながら字を書く。大きな体のわりにはこぢんまりとした、どことなく子供っぽい字だ。

理世が一月二十日に書いたものから始まる日記は、次が将太の一月二十三日、その次が理世、さらに次が将太、というふうに、代わりばんこの数日おきに続いている。

一月は将太が矢島家の離れ、すなわち手習所の勇源堂に泊まり込んでいた。勇実が悪漢に襲われて手傷を負い、それがもとで寝ついていたせいだ。つねに身近に男手があるほうがよいということで、将太が名乗りを上げたのだった。

理世は、将太が大平家の屋敷に戻らず、なかなか話せないのが寂しいからと、日記を書いて寄越した。

手紙を書いて届けようとも思ったそうだ。しかし、手紙では、互いに送りつけて、それっきりになってしまう。その点、二人で交互に書く日記なら、積み重ねていける。前のほうを読み返しながら、今日につないでいけるのだ。

理世が何を思いながら日々を過ごしているのか。自分が寄りつかない屋敷の中でどう過ごしているのか。それを知るのは新鮮で、張り詰めた心に優しい風が吹き込むかのようだ。

将太は筆を執り、日記に文字を書きつける。

堅苦しい言葉遣いはしない。この字を読み返した理世が、将太の語る声を思い描けるくらいに、普段の何気ない言葉で書きつけていく。

「今日も俺は不甲斐《ふがい》なかった。この屋敷の中では、どうしても、うまく息ができないのだ」

すでに何度となく日記に書いたことだった。兄妹となって一年にも満たないが、理世は将太の来《こ》し方《かた》をちゃんと知っている。鬼子であった頃の呪いに将太がいまだに囚われていると、理世はわかってくれている。

屋敷の外で顔を合わせる龍治や千紘や筆子たちには、父の前で震えて動けなくなる将太の姿など、思い描けないだろう。屋敷で奉公する者たちは、逆に、表に出たときの将太がどんなふうに笑うか、知りようがないはずだ。

将太が苦しい気持ちを素直に吐き出せるのは、理世と交わす日記の中だけだった。

第三話　秋風の吹く頃

一

吾平が大平家の奉公人となって、十日余りが過ぎた。すでにすっかりほかの奉公人たちとも馴染み、大平家の気風もずいぶんわかってきたようだ。

月が改まり、仲秋《ちゅうしゅう》八月。昼ひなかはまだいくぶん暑さが残っているが、風は秋らしく、からりとしている。

朝餉の後、理世は腹を括《くく》った。

「今日こそ、父上さまにお願いしてみよう」

たすき掛けをし、裾も足捌《あしさば》きの邪魔にならぬよう、端折《はしょ》ってある。櫛や簪《かんざし》がきっちり髪を留めているのと、足袋《たび》のこはぜがきちんとはまっているのも確かめた。

理世が見つめる先に、庭に立つ邦斎の姿がある。薙刀《なぎなた》を模《も》して造られた、長柄《ながえ》の大きな木刀を手にしている。これから稽古を始めるのだ。

邦斎の薙刀の稽古は、将太と龍治の稽古とはまるで趣《おもむ》きが違う。一人で型どおりに動く姿は、まるで舞を舞うかのようだ。

しなやかに膝を使い、腰を落として、滑るように動く。薙刀様《よう》の大きな木刀が重さなど持たないかに見える。それでいて、空《くう》を断つように振るわれれば、びゅっと重たい音がする。どっしりとした構えは大木のようで、美しいと同時に雄々しく力強い。

「素晴らしいか。わたしも、父上さまんごと動いてみたか」

理世はしばし邦斎の薙刀の舞に見入っていた。邦斎は一度も理世に目を向けることはなかったが、むろん見られていることに気づいているようだった。

やがて舞い終わった。いや、武術の稽古を指して舞と呼ぶのは、失礼に当たるのだろうか。何にせよ、型のとおりに動いて、ひと区切りしたらしい。邦斎が理世のほうを向いた。

「理世、儂《わし》に何か話でもあるのか？」

「はい。お願いがございます」

理世は邦斎に歩み寄った。それで、邦斎も理世のいでたちに気づいたようだ。

「どうしたのだ、その格好は。たすき掛けなどして」

「袖が邪魔にならぬようにしました。わたし、武術を教わりとうございます」

「武術とな？」

「はい。武家の女として、どうしても、身につけたいのです。殿方のように剣術を学ぶことは難しいでしょう。でも、おなごでも武術をたしなむ人がいると聞いて、やってみたいと思ったのです」

矢島家の奥方である珠代《たまよ》や、白瀧家の奥方である菊香もそうだという。まわりの男たちから聞くに、かなり腕が立つそうだ。

理世は二人が刀や薙刀を持ったところを見たことがない。だが、腑《ふ》に落ちるところがあった。

指先まで意の行き届いた所作《しょさ》が、凛《りん》として美しい。歩く足取りや立ち姿、座った姿勢からさっと立ち上がる身の軽さ。静かで、なおかつ切れのよい動きだ。何気ないしぐさに、はっとさせられる。

その美しさの源にあるのが、きっと武術だ。

武家の男たちの所作にもまた、商家の男にはない美しさがある。将太の暮らしぶりを間近で見るに、その秘訣《ひけつ》は、あの激しい剣術稽古にあるはずだと感じていた。

理世は胸中で言葉の下ごしらえをしながら、邦斎の返事を待った。

長崎の訛りを消して文を編むのに、ひと手間かかる。江戸の武家らしい言葉で話さねばならず、思ったことを思ったままにまくし立てるのが許されない。こういうときには、それがじれったい。

兄さまが言葉に詰まって悔しく感じる気持ちが、よくわかる。

将太はしょっちゅう己のことを鬼と呼ぶ。鬼子であったと振り返る。屋敷の外では、将太は人の言葉を問題なく話している。それがなぜ、屋敷の門をくぐると、うまくいかなくなるのか。

父上さまが、それほどまでに恐ろしいのだろうか。

確かに、父は厳しい人だ。理世は、名も言葉も着物も髪飾りも、かわいいナクトの名も、江戸へ持ってきたものすべての形を変えることを求められた。

初めは理不尽《りふじん》だと思った。長崎訛りの言葉を奪われて、すぐに江戸の言葉で話せるはずもなかった。行き場を失った言葉が胸をふさいで、苦しくてたまらなかった。

でも、その苦しみを訴えるための言葉すら、「しゃべれんで苦しかと」「武家の言葉はよう話せん」と、そんなふうではまた父に聞き咎められてしまう。

つらい、つらいと思いつつも黙って笑顔でごまかしていたとき、救ってくれたのは将太だ。なぜ理世が口を開かないのか、顔を赤くしたり青くしたりしながら、不器用に一生懸命、気遣ってくれた。

見事な菊が咲き乱れる庭で、お茶会があった。その席に誘ってくれて、初めて二人できちんと話をした。

父からは「聞き取れない」と言われてしまった長崎訛りの言葉でも、将太は耳を傾け、ちゃんとわかってくれた。

「なあ、理世。俺の前では肩肘を張るな。江戸の言葉にせよ、武家らしい振る舞いにせよ、ゆっくり覚えたらいいじゃないか。俺のことは兄上じゃなく、兄さまと呼んでくれていい。ナクトの名もそのままでいい。だから、言葉を呑み込まないでくれ。俺は理世と話がしたい」

あのとき将太と親しくなれたからこそ、理世はその後、大平家の娘として背筋を伸ばして生きていこうと心を決めることができた。くじけることなく行儀作法やお稽古事に励んでいるのも、誠心誠意やれば将太や誰かが見ていてくれるのだと、あのとき知ったからだ。

体が大きいことだとか、顔が厳《いか》めしくも整っていることだとか、大平家の男たちの姿かたちを恐ろしく感じていたのも、やがて解けた。

将太のよく動く眉と唇はかわいらしい。それに気づいてからよくよく見てみれば、邦斎も案外、眉がよく動く。眉間《みけん》の皺は長年のことで消えなくなっているようだが、常に怒っているわけでも不機嫌なわけでもない。

邦斎は眉尻をわずかに下げて、ほう、と息をついた。

「確かに、女であっても、手練れと呼べる腕前の者も少なくない。しかし、薙刀にせよ小太刀《こだち》にせよ、か弱き女が挑んだところで、すぐ身につくものではない」

「わかっています。根気よく稽古を重ねます」

「稽古をすれば、体じゅうが痛くなるぞ。打たれるから痛くなるのではない。膝を使って腰を落とす。その姿勢ひとつ取っても、日頃おこなうことのない動きだ。使わぬところを使うゆえ、肉や節々が痛くなる」

理世はうなずいた。体を動かす稽古をすれば、腕や脚、場合によっては背中や腹の肉までも、重たい痛みを帯びることがある。そういう痛みなら、いくらでも覚えがある。

「わたし、平気です。痛みは怖くありません。それより、体を動かしたいんです。わたし、長崎では、舞をいつも稽古していました」

「舞を？」

「恥ずかしながら、宴席で披露《ひろう》するための舞です。武家の女にはふさわしくないものだと思います。でも、体を動かすのは好きなんです。だから、舞ではなくて、武術をやってみたいんです」

なるほど、と邦斎は顎を撫でた。

「その華奢《きゃしゃ》な体のどこにそれほどの活力があるのかと、たびたび驚いておったのだ。長崎から江戸までの長旅の間も、病や怪我をしなかった。体が強いのだな」

「そうなんです。わたし、舞で鍛えているから、風邪もめったにひきません。速く走ることもできるんですよ」

「足腰が強いのはよいことだ。舞もなかなか達者だったのだろう？　残念ながら、大平家の者はそういったものを見て楽しむ目に欠けておるゆえ、披露してもらったところで誉《ほ》めてもやれぬが」

邦斎の厳しさは、嘘やおべっかを口にしないところにもある。若い娘など、適当に誉めて甘やかしておけば御《ぎょ》しやすいものを、邦斎はそういうことをしない。

理世は言った。

「宴席の芸として舞うことは、もうありません。わたしは武家の娘です。だから、舞の代わりに、薙刀を教わりたいのです」

「よかろう。矢島家の奥方に、儂と君恵の名で書状をしたためて、頼んでみるとするか」

そうなれば、将太と同じ道場で稽古ができるのだろうか。それもいいな、と理世はちらりと思った。だが、浮ついた望みは打ち消して、もとより考えていたことを口にした。

「いいえ、父上さま。わたし、父上さまに教わりたいと思っています」

「何だと？」

邦斎の眉が、額のほうへぴょんと跳ね上がった。ずいぶん驚いたらしい。

理世は重ねて言った。

「父上さま、わたしに薙刀の稽古をつけてください。わたし、父上さまが薙刀を振るう姿を見て、わたしもやってみたいと思ったんです。お願いいたします」

大平家で教わったとおりの形の礼をする。商家の娘のように、体を丸めるようにして深々と頭を下げるのではない。今から薙刀を教わろうとする、武家の娘の礼だ。

面《おもて》を上げて見つめると、邦斎が少し唸った。

「うむ。儂がおぬしに教える、とな」

「いけませんか？」

「どうしたものかと思案しておる。人に薙刀を教えたことなどないゆえに。いや、しかし……そうだな。手ほどき程度であれば、できぬこともあるまい。理世、こちらに来なさい」

「はい」

邦斎が手振りで示すとおり近寄ると、薙刀様の木刀が理世のほうへ差し出された。

「持ってみなさい。重たいぞ」

「はい！」

理世は、邦斎が手を掛けていたとおりの格好で、太い柄を握ってみた。理世の小さな手では、柄を握り込むことができない。邦斎が手を離すと、ずしりとした重みが腕にかかった。

邦斎は理世から少し離れた。薙刀を持った理世の姿を上から下まで見て、顎を撫でつつ独《ひと》り言《ご》ちる。

「やはり、これでは駄目だ」

「駄目？」

「儂の薙刀では、理世には長すぎる。新たにあつらえねばなるまい。刃の形も、女持ちの薙刀では異なるしな」

「そうなのですか？　薙刀にも、男物と女物があるんですか？」

邦斎は薙刀の柄をつかみ、ひょいと理世の手から奪った。

「長柄の武器の中でも、薙刀は歴史が古い。今でこそ武家の女の習い事として広まっているが、もとは男の得物《えもの》であった。武蔵坊弁慶《むさしぼうべんけい》を知っておろう？」

「源義経公の忠臣ですね。僧でありながら暴れ者で、武者に勝負を挑んでは、九百九十九の刀を奪っていた」

「一千本目の刀を奪うべく挑んだ相手が、源義経公であった。義経公に敗れた弁慶は、以降、忠臣として末期《まつご》のときまで供をするのだが、この弁慶が得意とした武器が薙刀だったとされておる」

「あっ、そうですね」

「その頃、長柄の武器として、槍《やり》というものはなかったそうだ。皆、薙刀を使っておった。儂の薙刀は、古き形を模しておる。男の武器であった頃の薙刀の形よ。今の世の女物の薙刀は、もっと刃が短く、反りがしっかりとついておる」

邦斎は、木で作られた薙刀の刃を指先でなぞった。刃の根元から切っ先まで、二尺近くあるだろう。将太が腰に差している大小の刀のうち、短いほうの脇差《わきざし》と、長さも形も似ている。

理世があいづちを打つのを見て、邦斎は話を続けた。

「時代が下って、槍を用いた戦術が使われるようになったのは、南北朝に分かれての戦乱の頃であったという。建武《けんむ》三年（一三三六）の吉野遷宮《よしのせんぐう》は、今より四百八十八年前のことだ。それ以降、六十年近くにわたって、戦が続いた」

「六十年近くも？」

「兵が次第に足りなくなり、百姓までもが戦に駆り出されるようになった。剣や薙刀を持ったこともない者たちだ。こうした未熟な兵らでも、どうにかして戦を乗り切り、生きて帰れるようにせねばならぬ。そこで、数人で一束になって槍を構え、まっすぐに走って敵陣に突っ込む、という戦術が編み出された」

「槍を構えて走るだけなら、素人《しろうと》でもどうにかなるから？」

「さよう。酷《こく》な話だが、そんな無茶を強《し》いてでも、戦わねばならなかったのだ。戦の世とは、そうしたものよ。華々しい英雄譚《えいゆうたん》など、後の世の者が勝手に描いた夢物語に過ぎぬ。ちなみに、薙刀から槍への切り替えは、楠木正成《くすのきまさしげ》公の息子の一人、楠木正儀《まさのり》公がなしたとも伝わっておる」

「楠木正儀公？」

「あっぱれな武者だったそうだ。吉野の帝《みかど》を守って戦いながら、民百姓の命を救うべく頭をひねり、浪花《なにわ》の地の商いを守り、ついには戦を終わらせる道を敷いたという。戦は、始めることより終わらせることのほうがよほど難しい。正儀公は、一生を賭してそれを成したのだ」

理世は、ほう、と嘆息した。

「父上さまは物知りなのですね。それに、お話がお上手です」

理世と同じように、今度は邦斎が嘆息した。

「医者は人と話すことも務めのうちであるからな。我が家の患者には武家も多い。源平《げんぺい》合戦に楠木正成、戦国の世の武田信玄《たけだしんげん》と上杉謙信《うえすぎけんしん》、そういった武者の物語は、老若男女問わず好まれる」

邦斎は薙刀の石突《いしづき》で地をとんと打った。

「女持ちの薙刀は巴形《ともえがた》、男持ちのこれは静形《しずかがた》とも呼ばれる」

「巴形と静形？　女武者の巴御前《ごぜん》と、男姿で舞を舞った静御前になぞらえているんでしょうか？」

「どうであろうな。由来《ゆらい》は諸説紛々《ふんぷん》として、ようわからぬ。刀を巡る伝説や逸話には、真偽のわからぬものが多い。おとぎ話よ」

「でも、おもしろいです」

邦斎は意外というように理世を見下ろした。

「刀や薙刀は、もう恐ろしくはないか？」

「大丈夫です。ずいぶん見慣れてきましたから」

邦斎はうなずくと、左手で帯に触れた。

「馴染みの刀鍛冶《かたなかじ》に頼んで理世の懐刀《ふところがたな》を打たせておったのが、もうじき仕上がるそうだ。手元に届いたら、短刀の扱い方を身につけなさい。手入れは自分でするのだぞ」

「短刀を、わたしが持つのですか？」

「武家の女は、守り刀として、短刀を身につけておくものだ」

「わかりました。どう扱ったらいいか、父上さまが教えてくださいますか？」

「儂がよいのか？」

「はい」

理世は邦斎を見上げてうなずいた。

今までにないほどに長く、父と二人で話している。どきどきして収まらなかった鼓動《こどう》は、今では打ち方を変えた。わくわくして弾んでいるのだ。

父上は、怖いお人ではない。刀や歴史の話がお好きなようだ。静かな人ではあるけれど、楽しい話をしているときは、こんなにも口数が増える。

邦斎は嚙みしめるようにうなずいた。

「よかろう。儂が理世に短刀の手入れの仕方も教えよう。さて、今日のところはしまいだ。女物の木の薙刀を、すぐにも手配する。それが届き次第、薙刀の稽古をつけてやろう」

「ありがとうございます！」

弾んだ声を上げ、さらには跳びはねそうになってしまい、理世は慌てた。はしたない振る舞いはいけない。うつむいて、裾を整えるふりなどしてしまう。上目遣いに邦斎の顔色をうかがう。

背を向ける間際、邦斎の唇がかすかに笑っているのが、ちらりと見えた。

二

勇源堂の筆子は、総勢では二十人近くになる。ただ、家の仕事や習い事の都合などで来たり来なかったりがあるので、毎日入れ替わりがある。一堂に会するのはたいてい十人か、多くても十五人くらいだ。

障子を開け放って、爽《さわ》やかな秋風を招き入れている。日差しはぽかぽかしているし、風は涼しい。実にいい季節だ。

このところ、将太の昼餉を届けに来るのは、吾平の仕事になった。昼九つ（正午頃）の鐘が鳴るちょうどの頃に、吾平は矢島家の門から姿を現す。

そうすると、筆子たちはいち早く吾平に気づいて、口々に将太と千紘に訴えるのだ。

「先生、お昼！　昼餉の刻限になったよ！」

きりが悪かろうが何だろうが、どうにもならない。ひとたび昼餉だ、と誰かが言いだせば、皆がつられて筆や教本やそろばんを放り出してしまう。

「わかった。それじゃあ、昼餉にしよう」

将太が言えば、わーっと筆子たちは大喜びだ。千紘は、やれやれと頭を振る。

半数ほどの筆子は、家に飛んで帰って昼餉を食べてくる。しかし、弁当を持ってくる筆子が少しずつ増えてきた。勇源堂の縁側で皆と一緒に食べるのが楽しいからと、母や女中に弁当をねだるのだ。

勇源堂は、男の子と女の子が入り交じった手習所だ。源三郎と勇実が営んでいた頃も、勇実が引き継いだ後も、筆子は男の子に限っていた。将太と千紘が勇実の後を引き継ぐことになってから、千紘の筆子であった女の子たちを勇源堂に合流させた格好だ。

初めはどうなることかと心配していた。実際、男の子と女の子の間で毎日「戦」が起こってしまい、手を焼いていた頃もあった。

だが、それから半年ほどを経て、今はそれなりの形になってきた。

むろんと言おうか、しっかり者の女の子に反発したい男の子はいるし、やかましい男の子にぷりぷり腹を立てる女の子もいる。ぶつかり合っては、「ばか！」「ぶす！」「ガキ！」などと荒っぽくて汚い言葉が飛び交うこともある。

けれども、本気で嫌い合っている者はいない。実力が拮抗《きっこう》していれば、じゃれ合うように競い合う。幼い筆子がまごついていたら、男も女もかかわりなく、さっと手を差し伸べる。

いちばん年嵩《としかさ》の白太《しろた》は、おっとり優しいのと絵がうまいのと物覚えがよいのとで、皆から慕われている。女の子の頭領格は近所の御家人の娘の桐《きり》だ。近頃の桐は、ちょっと目を見張ってしまうほど、すごい勢いで学びを身につけている。

千紘に聞いたところによると、筆子たちの間に恋の噂もあるらしい。あの筆子の妹が白太に憧れているらしいとか、桐に誉められると久助《ひさすけ》が真っ赤になるとか、他愛ない話ばかりではあるのだが。

「俺はちっとも聞いたことがなかった」

将太が言うと、千紘はさも当然といった顔で応じた。

「だって、将太さんは嘘や隠し事が苦手でしょう？　声が大きくて、内緒話もできないし。だから、筆子の皆は、秘密の話はわたしにしか教えてくれないの」

「だが、今、俺も知ってしまった」

「そうね。でも、将太さんだって、筆子たちが思っているほど、隠し事が苦手なわけではないでしょう？　秘めるべきことは、きちんと胸に秘めてしまえるんだもの」

からかうような千紘の言葉に、将太はうなずけなかった。

隠し事など、何かあっただろうか？　理世のことなら、もう隠し事でも何でもないのに。

嘘や芝居がうまくないのは、自分でもよくわかっている。筆子たちのおませな恋の事情を知ってしまったことは、どうごまかせばいいのだろう？

「恋か……」

おりよ、と口の中でつぶやいてみる。胸が張り裂けそうな思いをしたのは、初めのうちだけだった。今では、理世はただのかわいい妹だ。

惚れた腫《は》れたには、今後は関わることもあるまい。そんな心は箱の中に封じて、見えないところに隠してしまった。

将太にとって、それは苦しい療治だったが、慣れたことでもあった。

もともと将太は鬼子だったのだ。その鬼子が人として暮らしていくためには、荒くれた本性を念入りに封じねばならない。

十かそこらの頃、この矢島家の離れと庭と道場で、将太は敬《うやま》うべき師匠たちに囲まれて、生まれ直すことができた。

剣術稽古は、心の鍛練でもあるという。まさしくもってそのとおりだと、将太は思う。暴れる体に引きずられて心がまともでいられないときは、とにかく木刀を振るえばいい。そうするうちに、体が落ち着いてくる。心がなぜ穏やかにならないのかが見えてくる。

恋というものを初めて見つけてしまったとき、将太は混乱した。身も心も暴れてしまいそうだった。だが、あの頃に身につけたやり方で、初めはどうにも扱いきれないと感じられた想いさえ、一晩かけて封じることに成功したのだ。

消したり忘れたりするのではない。そのままの形で、鍵のかかる箱の中に入れておくだけ。

将太という、もとは鬼子であった男の腹の中には、醜《みにく》いものを封じた箱が積み上がっている。頑丈《がんじょう》な箱ではないかもしれない。だから、触れることはできない。積み上げたのが崩れないよう、我を忘れて夢中になるのもいけない。

慎重に。丁寧に。

人の形を保ち続けられるように。

さもなくば、理世も筆子も、千紘や龍治や勇実でさえも、将太を恐れてしまうに違いないのだから。

「将太さん」

千紘が、たしなめるような声音《こわね》で言った。

「何だ？」

「抱え込みすぎないことよ。無理はしないで」

「無理などしていない」

「そう？　将太さんはあまりに我慢強すぎると思うのだけれど」

「そんなことはないぞ」

「あります。だって、どんなに筆子たちがうるさくても、ちっとも怒らないじゃない。わたしばっかり苛立《いらだ》ったり声を荒らげたりしてしまって」

「千紘さんがそうやって筆子たちを叱ってくれるから、俺の出る幕がないんだ。俺ひとりでは、叱るべきときにもぼんやりと見過ごしてしまうから、今の釣り合いでちょうどいいだろう」

「はいはい。そういうことにしておくけれど」

千紘はちょっと膨《ふく》れっ面《つら》をしたが、結局、脱力するように笑ってみせた。

吾平は将太に昼餉を届けに来て、そのまましばらく矢島家の庭に留まる。筆子たちが放してやらないのだ。吾平だけでなく、道場の門下生もそうなのだが、二十代のお兄さんというのは、なぜだか筆子たちに好かれる。あれこれ質問攻めにされ、寄ってたかって飛びつかれ、ついには背中にまでよじ登られるのだ。

将太や道場の門下生は、相撲《すもう》の相手をさせられたりなどするが、吾平は縁側に腰掛けて話をせがまれることが多い。柔らかな京言葉が筆子たちには珍しいのだ。見も知らぬ京の町の様子を知りたがってもいる。

「ねえ、京の町でもお祭りや縁日をやるの？」

「もちろん、やりますえ。四月の中の酉《とり》の日には賀茂祭《かもまつり》、六月には祇園祭《ぎおんまつり》があります。お盆には、町のぐるりにそびえた五山《ござん》で送り火が焚かれます。それに、大きなお寺がぎょうさんあるさかい、灌仏会《かんぶつえ》なんかも盛大ですえ。北野《きたの》の天神さまのお祭りやら、吉田山《よしだやま》の節分祭《せつぶんまつり》やらも、にぎやかなもんですわ」

へえ、と筆子たちは感嘆の声を上げる。

将太も改めて感じたことだが、吾平は抜群に物覚えがよい。耳で聞いたことは何でもよく覚えていて、心地よく柔らかな声で語ってくれる。

吾平が四書五経と般若心経《はんにゃしんぎょう》、百人一首をすっかり覚えているのは知っている。賀茂祭と言えば、『源氏物語《げんじものがたり》』第九帖の車争いの場面をすらすらと諳んじてくれたこともあった。ほかにどんなものを頭の中に丸ごと収めているのやら、問うのも空恐ろしいくらいだ。

しかし、将太が吾平を学問仲間と呼ぼうとすると、吾平は頑《がん》として否定する。

「手前はただ諳んじとるだけやさかい。単に覚えるだけと、いにしえに記された書物をお題目にして論を闘わせるのでは、まるっきり違いましょう。手前にできることは、覚えるところまでです。よう読むことすら、かないまへん」

だが、そうは言うものの、吾平は将太たちの学問塾に望みをかけて江戸に出てきたのだ。仲間だと、将太は思っている。ただの下男や小者ではない。

ふと、門の表がにわかに騒がしくなった。どうやら駕籠《かご》でここまで乗りつけた者がいるようだ。威勢のいい駕籠かきの声が門前で止まった。

駕籠かきをねぎらう、陽気な男の声が聞こえた。

「やあやあ、ご苦労。飛ぶように速いんで、驚いたよ。いやぁ、助かった。ここからは自分の足で歩くさ。また次も頼むよ」

聞き覚えのある声だった。

将太は思わず腰を浮かした。吾平も同じだ。ぱっと目を見交わす。

ちょうど庭に出ていた門下生が、離れの筆子たちを庇《かば》うように前に出て、そこに現れた男に誰何《すいか》をした。

「どちらさまです？　名乗ってください」

稽《かっ》古着の片袖を抜き、鍛えた体を剝き出しにした門下生に問われても、大荷物を担《かつ》いだ男は気楽な様子だった。

「問われて名乗るもおこがましいが、なに、旅の学者とでも言っておこうかねえ。紀州は和歌山《わかやま》の材木問屋、山崎屋の五男坊、厄介者の霖五郎とは、俺のことだ。こちら、矢島さまのお屋敷で合ってるようだな。勇源堂って手習所の師匠で、大平将太って男を訪ねてきたんだが、今はちょうど昼の休みの刻限だろう？」

滔々《とうとう》と口上を述べながら、すたすたと矢島家の庭を突っ切ってくる霖五郎は、途中からまっすぐに将太だけを見ていた。軽妙な笑みを浮かべている。えくぼのできる右の頰に赤いあざがあるのは、生まれつきだと言っていた。

まず吾平が霖五郎のところへ飛んでいった。

「霖五郎さま！　いつ江戸に着かはるのかと、気を揉んどったんです！　お元気そうで！」

「おお、吾平。俺が元気じゃないときがあったかい？」

「ありまへん。それに、その江戸言葉、さすがですわ。こちらに着いて数日のうちに、すっかり学んで覚えてしまわはったんでしょう？」

「もともと将太の言葉を覚えてもいたしな。郷に入っては郷に従えというだろう？　これからは江戸で暮らすことになるんで、言葉から入ってみたわけだ」

将太は縁側から庭に降り、霖五郎と向かい合った。

「霖五郎さん、久しぶりだ！」

「三年ぶりだな。しかし将太よ、おまえさん、また背が伸びたんだな。でかくなりやがって。見上げなけりゃいけねえな」

霖五郎は将太の胸を小突いた。

「吾平から、霖五郎さんも江戸に出てくるという話は聞いていた。本当にまた会えるなんて！」

筆子たちが縁側で興味津々の顔をしている。

霖五郎は将太の脇をすり抜け、筆子たちの前に立った。

「聞いてのとおり、俺は霖五郎といって、将太先生の友達なんだ。この吾平とも親しくしている。ということで、ここは一つ、皆も仲良くしてくれや」

霖五郎は、担いでいた荷を縁側にぶちまけた。

中身は、色とりどりの包みや箱に入った菓子だ。飴《あめ》に金平糖《こんぺいとう》、あられ、落雁《らくがん》、きんつば、羊羹《ようかん》、かりんとう。将太でも名を知っているほどの、有名な店の屋号が包みに印字されている。

筆子たちは口々に歓声を上げ、たちまちのうちに縁側は大騒ぎとなった。

それから霖五郎は、昼八つ（午後二時）頃に手習いがお開きになるまで、縁側に居座っていた。手習いに横から茶々を入れたり、道場の稽古の様子を見物したり、自分で持ってきた菓子を口に放り込んでみたりと、好き放題だ。

おかげで筆子たちも手習いに身が入らず、将太や千紘の目を盗んで霖五郎にちょっかいを出したりなどする始末。結局、将太も千紘も今日のところは匙《さじ》を投げ、普段より早めに手習いを切り上げた。

手習いから解き放たれた筆子たちは、天気のよい日は必ず、庭でしばらく遊んでから帰る。剣術に憧れる町人の子たちも、手の空いた門下生がいるときには竹刀《しない》を使う許しが出る。遊びという名目で、武士の子も町人の子も、近頃では女の子も一緒になって、剣術稽古に励むのだ。

「元気な子供らはいいねえ。その気を浴びているだけで、こっちも健やかになれそうだ」

霖五郎はそう言うと、両腕を天井のほうへ突き上げて伸びをした。

将太は霖五郎の隣に腰を下ろした。

「吾平の話では、紀州の山崎屋を訪ねていったら、もう霖五郎さんは江戸に向かって発《た》っていた。だから急いで追いかけたということだったから、すぐにも姿を現すかと思っていた。半月ほど待ったことになるかな」

「そりゃあ面目ない。のんびり物見遊山《ものみゆさん》をしながらの旅だったから、先を急ぐ吾平には、あっという間に追い抜かれたんだな。それに、江戸に着いてからも、油を売ったりなんかしていたんだよ」

「どこに泊まっているんだ？」

「深川《ふかがわ》に親戚筋の材木問屋があるんだ。同じ山崎屋という名の店でな。そこで暮らすことにした」

「それじゃあ、今日も深川から？」

「ああ。駕籠で町を見物したり、途中の菓子屋でみやげを買ったりしながらな」

霖五郎は将太より三つ年上の二十三だ。四人の兄と二人の姉が健在な上にそれぞれ有能で、山崎屋の商いは材木問屋にとどまらず、見事に手広く成功している。末っ子の霖五郎の出る幕はどこにもないという。

ゆえに霖五郎は、何もなさないのであれば、実家で一生飼い殺しにされる身だ。当人にとって幸いだったのは、学問の才に恵まれていたことである。

ほんの九つで四書五経の素読を終えたのを皮切りに、霖五郎は関心の赴くまま、名の知れた学問塾を渡り歩くようにして遊学を繰り返すようになった。京では、しばらくの間、将太と同じところに寄宿していた。その後は大坂へ遊学に行ったはずだ。

ふと。

もう帰ったと思っていた筆子の久助と良彦《よしひこ》が、一人の男の両手を引っ張って連れてきた。二人とも十二で、大人と比べると体はまだ小さいが、久助は鳶《とび》の、良彦は鋳掛《いか》けの手伝いをしているとかで、なかなか力が強い。

「霖五郎さん、せっかくだから紹介するよ！　隣の屋敷に住んでる直先生！」

「この人も、おいらたちの友達なんだ。大人だけど、話がわかるんだよ」

久助と良彦が口々に言うのを、真ん中にとらえられた浅原直之介はちょっとおもしろがるふうで聞いている。

千紘が「こら」と筆子たちを叱った。

「また浅原さまのお屋敷に勝手に遊びに行ったの？　失礼なことをしてはいけませんと、いつも言っているでしょう？」

直之介はあっさりとした口調で応じた。

「かまいませんよ。この子らは本を読みに来るんです。何てことない草双紙でも、読書は読書だ。物語を通じて知識が身につくこともあるし、自分とは違う誰かの人生を後追いしてみるのも悪くない。近頃は、私が散らかした部屋で見失っていた本を、この子らが捜してくれたりなどするのですよ」

良彦が生意気な顔をして直之介を見上げた。

「だって、直先生、散らかしすぎなんだよ。おいらたちが片づけてやらなきゃ、布団も敷けないいんじゃないか？」

「布団は別の部屋に敷いているので、差し支えありません。しかし、男の一人所帯というのはあんなものです。あなたたちもうからかしていると、私の部屋のようなところで暮らすことになりますよ」

久助はいささか荒っぽく、直之介にどすんと体当たりをした。ふらつかずに受け止めるあたり、直之介もそれなりに剣術の鍛練をしているようだ。久助は直之介にくっついたまま、将太と千紘に言った。

「将太先生や千紘先生も、直先生の本を借りて読んだらいいよ。直先生のところにある本は、勇実先生が持ってたのよりおもしろいんだ。おいらたちでも読める本が山ほどあって、わくわくする話がたくさん書いてある。だろ、直先生！」

「読んですぐにおもしろかったかどうかの声を聞かせてもらえるので、私としても、あなたたちに本を読んでもらうのは楽しい上に実りが多い。いつでも来てくれてかまいませんよ。それで、今日は何の騒ぎだったんです？」

「昼餉の休みに、この霖五郎さんが来たんだ。菓子をいっぱい持ってさ」

直之介は霖五郎に会釈をして、軽く目を細めた。何かしらの書き物の仕事をしており、目を使い続けるせいで、ちょっと離れたところのものがよく見えないらしい。

その目つきが、何となく勇実を彷彿《ほうふつ》とさせる。筆子たちがあっという間に直之介に懐《なつ》いたのも、たたずまいや気配がどこか勇実と似ているためだ。

将太は手短に霖五郎を直之介に紹介した。さまざまな学問塾を渡り歩いた人、と告げると、直之介はおもしろがる顔をした。

「それはまた剛毅《ごうき》な。あちこちで学問をかじるようなことをしては、お偉い学者先生には嫌われるでしょう？」

「俺を嫌うような器の小さい連中とは、仲良くするつもりはないんでね。その点、この将太は目をきらきらさせて、霖五郎さんみたいな学びの道があるのはすごいことだと言ってくれてな」

霖五郎は将太の肩に腕を回した。

将太は、霖五郎のほうに引っ張られて体を曲げながら言った。

「だって、本当におもしろいと思ったんだ。霖五郎さんの引き出しの多さに驚かされたときのことは、今でも覚えている。初めの問いは『火はなぜ燃えるのか』だった」

「そうそう。日の本でも馴染み深い五行説《ごぎょうせつ》によれば、木は火を生ず、ということになる。木を燃やせば火が生まれるというわけで、これをもとに薬膳の理が説かれたりもする。それはそれで正しいんだろう。だが、ところ変われば別の理もあるものだ」

「西洋では、世界を形づくる元となるものは、五行ではなく四つの大元に分けるらしい。地、水、火、風だ。木は含まれない。そうすると、何が火を生むんだろう？」

「そしてまた、西洋にはセミーという学問があって、日の本の言葉では分離術とも呼ばれるものなんだが、これによるとだな、何もないように見えるこの宙には、実は火を燃やすための元となるものが含まれているという。オランダ語でズールストフというものだ。それがあれば火は燃えるし、使い切ってしまえば燃えることができなくなる」

滔々と説く霖五郎の言葉に、いつしか皆が聞き入っていた。

分離術などという、聞いたこともない学問の話は、まるで神仙の術が飛び交うおとぎ話や英雄物語のようだ。じかに観たことなどないけれど、何となく思い描くことができる。今まで自分の頭からは湧いてこなかった考えに、わくわくさせられる。

直之介は声を上げて笑った。

「これは愉快だ。洋の東西をたやすく結び、学問の垣根を飛び越して、火というものを読み解くのですか。なるほど。学者連中に嫌われる覚悟を持ちながら、さまざまな学問塾を渡り歩いてきただけのことはありますね。おもしろい」

将太と霖五郎は顔を見合わせた。霖五郎の目の中に真剣な光がある。自分も同じ目をしているだろう、と将太は思った。霖五郎が前のめりになって直之介に説いた。

「実は、俺や将太には志《こころざし》を同じくする仲間がいて、学問塾をつくろうと語り合っていたんだ。今の話みたいに、あっちの学問もこっちの学問も、おもしろいと感じたら、心の赴くままに学ぶことができる。塾同士の派閥争いなんか持ち込まない。ただ学びたい者が集う場だ。そんな塾を江戸に打ち立てたいと思っている」

将太は、霖五郎の横顔と直之介の涼しげな顔を交互に見やった。

直之介は、からかうような笑みを浮かべた。

「従来の学問塾では、学派の流儀を弟子に伝え、弟子が十分に修得したあかつきには免状を与えるものだ。ゆえに、こちらの塾で学び、次はあちらで学ぶというふうに学派を渡り歩いたりなどすれば、裏切り者や間者《かんじゃ》とみなされうる。そんな危うい者は、付き合いを断たれてしまう。あなたがたの学問塾が現のものとなれば、まわりは敵だらけでしょうな」

将太は歯を食い縛った。父に突き放されたことを思い出す。父も同じことを言った。将太たちの望む自由闊達《じゆうかったつ》な学問塾は、今の世の学問のあり方に真っ向から反するものなのだ。

「わかっています。でも……」

直之介が将太に向き直った。からから笑みは、飄々としていながら、温かみのあるものだった。

「でも、ですよね？　あなたたちには反論がある。わかりますとも。だって、今までのありきたりな学問のあり方よりも、あなたたちが描く夢物語のほうが、ずっとおもしろそうだ」

「えっ？　おもしろい、ですか？」

将太の目を見て、直之介ははっきりと言ってのけた。

「よいのではありませんか。今、世にあるものがすべてではない。世にあるものになずむのならば、たやすいでしょう。だが、そんなふうに自分を、人生を、たやすく型にはめずともよいはずだ。あなたたちはまだ若い。あれこれやってみたらいいでしょう。夢物語のような学問塾、私も楽しみにしていますよ」

将太は胸をつかれた。

「ありがとうございます……！」

江戸に戻ってきてからは、手習いの師匠として身を立てるため、とにかく一生懸命だった。吾平や霖五郎たちと語り合った学問塾のことを忘れていた。

いや、忘れたふりをしていたのだ。それは、父に話したときと同じように、否定されることが怖いからでもあった。父はまだよい。将太のことをわかってくれるはずがないと、初めからあきらめがついている。将太が恐れていたのは、勇実に「無理だ」と突きつけられることだった。

だが、「楽しみにしている」と言ってくれる人と、江戸でも出会うことができた。勇実の代わりに勇源堂の隣の屋敷に越してきた、どことなく慕わしい気配を持つ人が、将太たちの学問塾の望みをおもしろがってくれたのだ。

霖五郎が飛んでいって、直之介の両手を取った。口吸いでもしそうな勢いで顔を近づける。

「ありがとう！　いやぁ、あんたの言うとおり、いつの間にか敵をつくっちまうばっかりで、どこにいてもだんだん針の筵になるんだ。それなのに、こうして迎え入れてもらえるとはな！　なあ、近いうちに酒でも飲まないか？　直さんよ、あんたとはじっくり話をしてみたい」

「酒はかまいませんが、出歩くのは億劫《おっくう》ですね。隣の屋敷に住んでいますので、折を見て、酒と肴《さかな》を持って訪ねていらっしゃい。男ひとりの気楽な住まいなので、散らかってゴミだらけですがね」

久助が霖五郎を見上げ、唇を尖らせた。

「ちぇっ、大人はいいよな。酒を飲もうって言って、夜遅くまで一緒に遊べるんだから」

直之介は霖五郎の手をさりげなく振りほどくと、久助の頭にぽんと手を置いた。

「あなたもあと数年でしょう。元服して働くようになって、仕事の愚痴《ぐち》を言いたくなったら、酒を持って遊びに来なさい」

「おいらも！」

良彦が割って入ると、ほかの筆子もわあわあ騒いで、直之介との酒宴の約束を取りつけた。


筆子たちを家に帰してから、将太は改めて、隣の屋敷にあいさつに行った。

勇実が当主として千紘や女中とともに住んでいた頃とは、すでに様子がまったく違う。屋敷が持つにおい、とでも言おうか。矢島家との境の垣根の、嵐で吹っ飛んでしまった木戸の跡をくぐって向かった先なのに、知らない場所に着いたような心地になるのだ。

「ごめんください。今、よろしいでしょうか？」

声を掛けると、直之介はのんびりと応じた。

「少し待ってくださいね。座れるようにしますので」

直之介は、書き物をしていた文机を部屋の隅に追いやった。文机の脇に積んでいた書物も一緒に、すっぽりと布をかけて隠す。それからようやく、将太を座敷に上げた。

将太は、霖五郎が手みやげに持ってきた菓子のうち、いちばん上等な羊羹を直之介に差し出した。千紘が目ざとく確保しておいたものだ。

「浅原さまにはいつも筆子たちが面倒をかけて、申し訳ないことです。直先生なんて、いつの間にか呼ぶようになってしまって」

「いいんですよ。呼びたいように呼んでもらえばいいし、ここが遊び場として楽しいなら、寄り道して帰ってかまわない。しかし、一人暮らしのこんな醜男《ぶおとこ》を怖がりもしないとは、奇特な子供たちですね」

「皆、浅原さまのことが好きなんですよ。浅原さまは子供のあしらいに慣れておられるんですね」

「いいえ、ちっとも。子供が喜ぶ話などわからないし、どういう言葉遣いをしてやればいいのかもわからない。私が何か好ましいことをしているのではなく、あの子たちが勝手にこちらに来たがるだけなんです。それがなぜなのか、私にはまったくもってわからない。不思議なものですよ」

淡々とした口ぶりだが、筆子たちのことを語るとき、直之介のまなざしは柔らかい。まんざらでもなく思ってくれているようなので、将太もほっとする。

「以前は、この屋敷に、あの子たちの手習いの師匠が住んでいたんです」

「聞き及んでいますよ。白瀧勇実先生という名も、ものぐさの出不精で、朝はいつも寝坊助で、目が悪くて、書き物の仕事もしていて、物知りで、英雄物語をたくさん教えてくれる人だった、と。そんな言い方をされると、妙な親しみが湧くものです。ま、白瀧勇実先生のほうは、ずいぶんと色男のようですが」

「浅原さまと勇実先生は、もちろん、似ていないところもたくさんあります。別々のお人ですから。それでも、筆子たちがここに遊びに来たがる気持ちは、俺にもわかってしまいます。勝手なことを申しますが、今後とも手前どもの手習所を受け入れていただければ、大変ありがたく存じます」

将太が頭を下げると、直之介はぽんと肩を叩いて顔を上げさせた。

「遊びに来てかまいませんよ。それに、浅原さまと、畏まった呼び方をせずともよい。筆子らと同じように、直先生とでもお呼びなさい」

「ありがとうございます」

「ところで、霖五郎さんと言いましたか。あなたの学問仲間。あちこち渡り歩いてきたせいで針の筵だと、こぼしていましたが」

「はい。霖五郎さんは本当に博学で、そのぶん、人にひがまれることも多いんです」

「よその塾に目をつけられ、妙な者に追われるようなことがあれば、ここに逃げ込みなさいと伝えておいてください。私は誰に睨まれても、痛くもかゆくもないのでね。後ろ盾になってあげられるほど強い立場でもありませんが、隠れ家くらいにはなれますよ」

「恐れ入ります。味方をしてもらえるのは、大変心強い。よろしくお願いいたします！」

仕事の邪魔をしてしまったようなので、将太は直之介のもとを早々に辞した。

ひぐらしが鳴いている。秋の夕暮れだった。

三

子供のひっそりとした泣き声が聞こえてきた。

理世はたまらなくなって、ナクトを抱いて庭を突っ切っていく。

庭の隅に建つ離れから、泣き声は聞こえてくる。大平家長男の丞庵が妻子とともに住む離れだ。昼八つ過ぎの今はまだ、丞庵は往診先から戻っていない。妻の初乃《はつの》と子の卯之松《うのまつ》だけが離れにいるはずだ。

泣いているのは卯之松だ。七つの男の子だが、理世の見る限り、近所の子と遊ぶでもなく、習い事を始めているわけでもない。物静かな母と、日がな一日、離れでおとなしく過ごしている。

「あの、卯之松ちゃん？」

開け放たれた障子の表から、理世は声を掛けた。

声が届かなかったのだろうか。泣き声はやまない。初乃がささやくような声で卯之松を叱っているのが聞こえてきた。

何を泣いているのだろう？　なぜ母子ふたりきりで閉じこもっているのだろう？

理世は、少し迷った。大平家の養女となってから今まで、離れに近づいたことがなかった。自分自身のことで精いっぱいだったのだ。大平家には、家族ならではのお節介《せっかい》というものがないらしい、と見て取ったからでもある。

だが、近頃になって、やっとまわりが見えるようになってきた。そうすると、吾平がすんなりと受け入れられたのを目の当たりにした。今朝は父に薙刀の件を話したら、思いのほか快い返事をもらえた。

もしかしたら、大平家は確かに厳格ではあっても、頑なわけではないのかもしれない。

将太が学問塾の話を出したときには、父も母も長兄も、取りつく島もない答えではあった。だが、それも、意地が悪いとか単に頭が固いとか、そういうわけではないと思いたい。理世にはわからない事情が、学問の世界にはあるのだろう。

とにかく、大平家がどんな家なのか、改めてきちんと向き合おうと理世は決めたのだ。

「言葉が足りないだけ。あきらめて、歩み寄ろうとしないだけ」

そっと口に出してみる。もやもやと考えた末に理世が出した答えが、これだ。声を発してみたら、動いてみたら、何かが変わっていくのではないか。将太を鬼子の呪いから解き放つことができるのではないか。

理世は腹を括り、自分を励ました。ぎゅっと抱きしめられたナクトが、苦しかったらしく「にゃっ」と文句を言った。

「あの、卯之松ちゃん？　義姉上《あねうえ》さま？　お困りのことがあるんじゃないですか？」

泣き声が引っ込んだ。慌てた様子の衣擦れの音が聞こえ、少しして、初乃が離れの勝手口から姿を現した。

「ああ、理世さま。息子が騒がしかったでしょうか？　ごめんなさい」

初乃は、ほっそりとして美しい。背はあまり高くなく、色が白く、撫《な》で肩《がた》と柳腰《やなぎごし》が華奢で、いかにも儚げだ。どうにか微笑んではいるけれど、拭いきれない影がある。疲れ果てているようにも見える。

手を差し伸べてみたい。だが、乱暴に引っ張ったりなどしたら、咲いた姿のままで乾いた花のように、くしゃくしゃに壊れて散ってしまいそうだ。

理世はかぶりを振った。

「騒がしいなんてことはありません。ただ、卯之松ちゃんの声がとても寂しそうに聞こえたんです」

縁側から卯之松が顔を出した。目元が赤くなっているのは、涙を流したせいだろう。だが、泣きっ面そのままではなく、しゃんとした顔で出てきたところに、幼いながらも武家の子としての意地が感じられる。

「理世さん、こ、こんにちは」

「こんにちは。今日もクロと遊んでくれますか？」

ナクトを差し出しながら尋ねると、卯之松はたちまち顔を輝かせた。

「はい！」

卯之松は優しくて賢い子だ。ナクトが嫌がることはしない。猫は気まぐれなものだと教えたら、ナクトが自分からすり寄ってくるまで、手を出さずにじっと待ってくれる。

ナクトも人見知りなくせに、卯之松だけは特別だ。腹を見せて、さわらせてやるのである。卯之松のことを弟とでも思っているのかもしれない。かまってやらねばならないとわかっているのだ。

卯之松は縁側から庭に降りて、膝を抱えて座った。ナクトはゆっくりと寄っていって、ころんと横たわった。つやつやした黒い背中を卯之松にくっつける。

にっこり笑った卯之松の口は、上の前歯が抜けている。理世は、子供の歯がぐらぐら揺れるのが怖かったのを思い出した。夜、寝ている間に歯が抜けて、呑み込んでしまったらどうしようと考えると、恐ろしかったのだ。

初乃は深いため息をついた。

「いつもありがとうございます。大事な猫さんを幼い子供の手に預けるなんて、本当は気掛かりではありませんか？」

「卯之松ちゃんは優しくしてくれますから、大丈夫ですよ。あの、お悩み事があるのではないですか？」

理世は思い切って、ずばりと尋ねた。

初乃のまなざしが足下をさまよった。

「お恥ずかしゅうございます。大したことではありませぬ。ただ、気分がふさいで、些細《ささい》なことで苛立って、卯之松を叱ってしまって……」

「苛立つ、ですか？」

初乃に似合わない言葉で、思わず訊き返してしまった。だが、初乃はうなずいた。妙にゆっくりとした口ぶりで、抑揚《よくよう》もなく言う。

「近頃、楽しいと感じられることが何もないのです。これではいけないと心を奮い立たせようとすれば、苛立ちが募《つの》る。心を穏やかに保とうとすれば、今度は鬱々《うつうつ》としてしまう。ぼんやりしているうちに、気がつけば、一日が過ぎているのです。それでいて、夜に布団に横たわる頃になると、何て長くて退屈な一日だったのだろうかと、くたびれ果ててもいます」

「それは……ええと、母上さまにもお伝えしましたか？」

初乃は目を上げた。鬱々と、ぼんやりと、と初乃自身が言うとおりだ。理世と話をするために、苛立ちをよそへ追いやっているのだろう。そうすると、黒目がちなそのまなざしから力が失われてしまうのだ。

「義母上さまに、何と申し上げることができるでしょう？　わたくしは、なに不自由なく暮らしております。卯之松も決して手のかかる子ではありませぬ。手習いの真似事をしてみれば、すぐに、かな文字を覚えてくれました。それなのに、なぜでしょうね。なぜわたくしは鬱々としてしまうのか」

「お出掛けになったりはしないのですか？」

「卯之松がおりますから、なかなか外には……少なくとも、わたくしひとりで卯之松を連れていくというのは、難《わずら》しゅうございます。義母上さまにお許しをいただいた上で、奉公人たちの手を煩わせてまで行きたいところも、さしたる用事もございませんし……」

「では、丞庵兄上さまとご一緒には？　お出掛けにならないのですか？」

丞庵の名を出したとき、洞《ほら》のような初乃の目に、ちかりと小さな火がついたように見えた。

「夫は、仕事仕事と追われるばかりです。一緒に出掛けるなど、とても考えられません。夕餉をともにすることも三日に一度か五日に一度。卯之松が起きている間に離れに戻れない日さえございます。乗物医者というのは、かようにお忙しいものなのですね」

大平家で使っている乗物は自前のもので、町奉行に許しを得た御免《ごめん》駕籠だ。

鋲打ちの上等なしつらえになっており、普通の駕籠なら乗って通行できない場所、たとえば吉原のようなところでも、乗りっぱなしでよいらしい。

乗物で患者のもとへ往診に出るのは、大平家でも邦斎と丞庵だけだ。臣次郎や分家筋にあたる亀戸の親戚は、患者が寄越した駕籠に乗ることはあっても、家紋《かもん》のついた御免駕籠には乗らない。

理世は首をかしげるしかなかった。

「わたしは、大平家に来てまだ一年にもなりません。江戸の医者の仕事ぶりがどんなものか、知らないんです」

「そうでしたね」

「でも、丞庵兄上さまがお忙しすぎるのは確かだと思います。わたし、ほとんど話をしたことがないくらいです」

「もとより口数の多い人ではないので、同じ屋敷で暮らしているといっても、言葉を交わさぬのも致し方ないことかと。わたくしも、夫とまともに話をしたのは、一体いつのことになるでしょうか」

「えっ？　旦那さまとお話ししないんですか？」

「だって、何をお話ししましょう？　わたくしが他愛ないことを話しかけていた頃もありました。お着替えを手伝いながら、今日は卯之松が立って歩いただとか、こんな言葉を覚えただとか。ですが、夫が言葉を返してくれることもなく、むしろ話しかけられて困っているようにさえ見えてきたので、だんだんと言葉をかけづらくなってしまって」

理世は、ちょっとめまいを覚えそうだった。立って歩いたり言葉を覚えたりというのは、卯之松が生まれて一年かそこらの頃だろう。今より五年ほども前のことではないか。

それからずっと、ろくに言葉を交わせずに今に至っているというのだ。

「初乃さま、お寂しいでしょう？　お出掛けもせず、旦那さまともお話ができなくて。今のままでは、まるで卯之松ちゃんと二人きりの暮らしみたい」

「まさしく、そのとおりです」

「どうしてそんな……お寂しいなら、そんなふうにおっしゃったらいかがですか？」

初乃は唇を噛んだ。

「どなたに申し上げればよいのです？　着るもの、食べるもの、住む場所、何も困ってはおりませぬ。武家の妻として、男児を生んで七つまで育てることができております。夫と話をしないとはいえ、お家に疎まれているわけでもございませぬ。わたくしに何の不満があるのでしょう？」

ナクトが「にゃーん」としゃがれた声で鳴いて、ぴょんと身軽に離れへ入っていった。理世は慌てた。

「ま、待って。駄目！」

理世より先に、卯之松がナクトを追いかけた。座敷の真ん中で立ち止まったナクトを、卯之松はたやすくつかまえた。

「大丈夫ですよ、理世さん。クロは、いたずらなんかしないもの」

理世は初めて、離れの座敷の様子を知った。

きれいに片づいている。離れに女中はいないはずだから、掃除は初乃がやっているのだ。卯之松くらいの子供がいれば、散らかっていてもおかしくないのに、あの感じでは、きっと埃ひとつ落ちていないのだろう。

座敷の一角に、書物がきれいに重ねて置かれている。文机は二つ。一つは卯之松のためのものらしく、手習いをした形跡がある。もう一つの文机には、般若心経だろうか。やりかけの写経が置かれている。

写経の文机は丞庵のものかとも思ったが、違うと気がついた。多忙な丞庵が、自室で写経をしているはずもない。

「義姉上さまは、字を書くのがお好きなのですね。きれいな手蹟《しゅせき》」

こぢんまりとした座敷だ。縁側のあたりからでも、写経の字の一筆一筆の形が美しいのが見て取れる。

初乃がうつむいた。

「お恥ずかしゅうございます。若い娘であった頃は、もっと書を好んでおりました。あの頃のほうが、よき字も、よき文も、書くことができたのです。卯之松を生み、乳母《めのと》の手もいらなくなってからは一人で見守り育てながら、鬱々と日々を過ごすうちに、娘の頃にできていた多くの物事を、ぼろぼろと取りこぼしていくようで……」

初乃はうつむいた。

何と言ってなぐさめればよいのか、励ませばよいのか、わからない。

今の理世は、初乃が失ったと嘆く娘の頃そのものだ。わからずやの小娘が押しつけがましく何か言ったところで、皮肉や嫌味のように響いてしまうのではないか。

それでも、理世は黙ったまま立ち去ることなどできなかった。

「わたし、実は近頃、日記を書いているんです」

唐突に自分が口にした言葉に、理世自身、少し驚いた。

初乃は顔を上げ、小首をかしげ、ゆっくりとまばたきをした。

「日記、でございますか」

「はい。義姉上さまにだけ、お教えします。内緒の日記なので」

「内緒というのは？」

初乃が思いがけず、興味を持ってくれた。まなざしに光がともったのだ。

兄さま、秘密を明かしてしまってごめんなさい。胸中で謝りながら、理世は軽く背伸びをして、初乃に耳打ちした。

「将太兄上さまと代わりばんこに、一冊の帳面を使って、日記をつけているんです。手紙だと送りっぱなしになるし、遠いところにいるみたい。そうじゃないのがよかったから、二人で一冊の日記をつけることにしました」

背伸びをやめると、初乃が理世のほうを見た。かすかに笑っている。

「なぜ、将太さまと？」

「もっとお話ししたいから。将太兄上さまも丞庵兄上さまと同じように、朝早く出掛けていって、遅くまで帰ってきません。それに将太兄上さまは、帰ってきても、屋敷の外とは別人みたいに黙ってしまいます。だから、声を使ってお話しする代わりに、日記を書くんです」

「ああ、なるほど。将太さまは、外ではおしゃべりをする人なのですね」

初乃は屋敷の中での将太しか知らない。嫁いできたのは八年ほど前と聞いている。その頃の将太は十二。鬼子と呼ばれる暴れ者ではなくなった頃だ。屋敷では、今と同じく、貝のように静かに過ごしていたのだろう。

理世は、座敷の文机を見た。写経の手蹟はやはり美しい。その手前で、卯之松がナクトと並んで横たわって、くすくす笑っている。

「義姉上さまも、日記を書かれてはいかがでしょう?」

いつも理世は、考えるより先に手や口が動いてしまう。さっき勝手に口が動いて日記の話を言葉にしたのは、きっと、このことを初乃に提案したかったからだろう。

「わたくしも、二人で一冊の日記を?」

「はい。お話ししたいかたがいらっしゃるんでしょう? でも、なかなかその暇がとれない。それなら、手紙や日記がいいと思います。わたしは、日記のほうがお勧めです」

「あの人が、よしとしてくださるでしょうか……」

「わかりません。わたし、丞庵兄上さまとは、ほとんどお話ししたことがないんです。どんなおかたなのか、少しもわからなくて。義姉上さまはどう思われますか？」

初乃が微笑んだ。はっきりと、唇の両端が持ち上がっている。

「そうですね。夫は、声に出しての言葉で話すより、字で文を綴るほうが性に合っている人です。わたくしも、二人で一冊の日記を試してみます。もしもあの人がわたくしの日記に応じてくださらないのなら、そのままわたくしひとりで、日々の愚痴やあの人への恨みつらみを書きつけることにいたしますから」

「まあ」

理世は口に手を当てて驚いてみせながら、初乃につられて微笑んだ。恨みつらみと言いながら、いたずらをたくらんでいるかのように楽しそうだ。

そうだ、と理世は手を打った。初乃とこれほど話せたのは初めてだから、この勢いで、言ってしまいたいことがある。

「義姉上さま、もう一つ、聞いていただきたいんです」

「何でしょう？」

「卯之松ちゃんのことなんですけれど」

名を呼ばれた卯之松が、びっくり顔で身を起こした。

四

「おおい！　そろそろ手習いを始めるぞ！」

朝五つ（午前八時）頃になると、将太は庭に向かって声を上げる。庭で駆け回っていた筆子たちは、競い合って勇源堂に飛び込んでくる。

「将太先生、おはよう！」

「ございますもつけなきゃ駄目よ。おはようございます」

「駄目よぉだってさ！　おはよう、ごーざーいーまーすぅぅ！」

「何、その嫌な言い方！」

おかしな顔を次々とつくってみせるのは男の子の頭領格の久助、その剽軽《ひょうきん》な態度をいちいち咎めてぷりぷりしているのは御家人の娘の桐である。

仲が悪いのかと思いきや、そんなことはない。たとえば先日、桐の下駄《げた》の鼻緒《はなお》が切れて転んでしまったとき、真っ先に飛んでいって手を貸したのが久助だった。今日もわぁわぁと言い合いながら、隣り合った天神机《てんじんづくえ》に着いている。

懐かしいな、と思う。

将太が源三郎の手習所で学んでいた頃、桐のようにあれこれ口出ししてくる人は千紘だった。

その頃、千紘は別の手習所に通っていた。しかし、将太は手習いと剣術稽古のために一日じゅう矢島家にいるようなものだったから、千紘ともしょっちゅう顔を合わせていたのだ。

ちなみに、久助にとっての良彦のように、将太にももう一人、よく一緒にいる幼馴染みがいた。梅之助《うめのすけ》といって、今では実家の質屋の番頭を務めている。十八の頃に妻《めと》を娶《めと》っており、この冬には初めての子が生まれるということだ。

筆子たちが思い思いの天神机の前に収まり、手習いの道具を取りだした。千紘が「始めましょう」と声を掛け、筆子たちが「はーい」と応じる。

将太も、さっそく書き取りを始めた十蔵《じゅうぞう》を見てやろうとした。

十のわりにませたところのある十蔵は、難しい漢字を覚えたがる。今夢中になっているのは、『南総里見八犬伝』に登場する脇役や悪役の名を漢字で書けるようになることだ。主《おも》だった英雄の名は、とうに覚えてしまっている。

しかし将太は、ぱっと目に飛び込んできた人の姿に、思わず体の動きを止めた。開け放った障子の向こう、門のほうを見やる。

「理世？」

ぺこりと一礼して矢島家の門から入ってきたのは、確かに理世だ。しかも、一人ではない。

「あちらのご婦人はどなた？」

すぐさま飛んできた千紘に問われる。理世に続いて門をくぐってきたのは、ほっそりと華奢な体つきの、武家のご内儀《ないぎ》である。

「義理の姉にあたる人だ。いちばん上の兄のご内儀で、名は初乃さまという」

初乃は幼い男の子の手を引いている。

「では、あの坊やは将太さんの甥《おい》っ子《こ》ということかしら」

「ああ。卯之松だ。あんなに大きくなっていたのか。いや、確か七つだから、あのくらいの背丈になっていてもおかしくないのか」

理世の日記に、卯之松は何度か登場している。人見知りをするナクトが、意外や意外、幼い卯之松には背中も腹も撫でさせていたのだとか。子供は力加減がうまくないから、子供を嫌がる猫も多いらしいのに。

将太を見てぱっと笑顔になった理世は、初乃と卯之松を伴って、まっすぐこちらへやって来た。興味津々の筆子たちが縁側にぞろぞろと集まるので、将太は押し出されて庭に降りた。

「どうしたんだ、理世？　あ、義姉上《あねうえ》も」

理世は、卯之松の肩に手を置いた。

「将太兄上さま。いえ、勇源堂のお師匠さまに、お願いがあるんです」

その言葉の後を、初乃が引き継いだ。

「卯之松をこちらの手習所に通わせとうございます。今まで友らしき友もつくらせぬままに育ててまいりましたので、わがままでお師匠さまがたを困らせてしまうやもしれませぬが。束脩もお持ちしました。急なことを申しますが、本日から面倒を見てやってはいただけませぬか？」

確かに急だ。将太は口を開いたものの、何を言うべきかわからない。目の前にいる婦人はあの長兄の妻なのだ、と思うと、喉が干上がったようになってしまう。

縁側で十蔵が声を上げた。

「新入りか？　将太先生の親戚なんだな。おまえ、いくつなんだ？」

卯之松が顔を真っ赤にして、思いがけず大きな声で答えた。

「七つ！」

「そっか。おいらより三つも幼いんだな。よし、面倒見てやるから安心しろよ。将太先生、それでいいだろ？」

兄貴風を吹かせた十蔵の言葉に、将太は我に返った。将太がちゃんと答えを出さない限り、卯之松は宙ぶらりんで試されているような立場だ。かわいそうなことに、居心地が悪いに決まっている。

将太は地に膝をつき、卯之松と目の高さを合わせた。なるほど大平家の血を引いて、七つのわりには背が高い。くっきりとした目鼻立ちも、兄や父のごつごつとした顔の造りを彷彿とさせる。

家族のことを思い描いた途端に背筋が強張るのがわかる。だが、初乃の手をぎゅっと握ったまま将太を見つめ返す卯之松を、この屈託《くったく》の巻き添えにするわけにはいかない。

将太は深呼吸をして、笑ってみせた。

「七つなら、そろそろ手習いに通ってもいい頃だな。同じ屋敷で暮らしているのに気に掛けてやれず、すまなかった。しかし、おまえがこちらに通うのではなく、手習いの師匠を屋敷に呼んで学ぶこともできるのだぞ。どちらがいい？」

卯之松は、真っ赤な顔のままで答えた。将太を前にして緊張が高まったのか、蚊《か》の鳴くような声だ。

「母上と、理世さんと、一緒に話し合いました。わたくしは、将太叔父上のところがいいです。この手習所に通ったら、友達ができるんでしょう？」

「友達がほしいのか」

「はい……！」

将太は縁側のほうを振り向いた。千紘と筆子たちが耳をそばだてて聞いていた。

「甥っ子の卯之松が、ここで学び、友達をつくりたいんだそうだ。仲間に入れてやってもらえないか？」

答えはすぐさま返ってきた。

「もちろん！」

「やったぁ！」

「今日から来る？」

「そこの机、空けてやれよ！」

千紘が庭に出てきて、初乃にあいさつをした。

「将太さんとともに手習いの師匠を務めております、矢島千紘と申します。近所ですし、何かお困りのことがあれば、ご相談くださいね」

初乃はほっとしたように柔らかく微笑み、会釈をした。

義姉上はこんな顔をする人だったのか、と将太は思う。確か一千石取りかそこらの、それなりの格式の旗本の出だったはずだ。患者の娘で、先方から「ぜひに」と望まれて、長兄のもとに嫁ぐこととなったはず。

理世が、手に提《さ》げていた風呂敷包みを卯之松に差し出した。手習いの道具のようだ。

「卯之松ちゃん、昼餉のお弁当は届けに来ますから」

「はい」

「いい子にしていようと思わなくても大丈夫。でも、元気を出して、頑張ってみてね」

「はい」

ちょっと身を屈めて笑ってみせる理世の姿は、身の内側から輝きを放っているかのように、日の光をまとってきらきらしている。卯之松が一生懸命な目をして理世に答えるのも道理だ。

理世は、そのきらきらした笑顔を将太に向けた。

「将太兄上さま、よろしくお願いします」

「おう、任された」

「わたしはこれから、義姉上さまと一緒に、少しお出掛けしてきます。向島《むこうじま》って、お花がきれいなところが多いんでしょう？　秋の七草を探しに行ってみます」

「女ふたりでか？」

「吾平さんにもそんなふうに心配されたから、ついてきてもらいます。お昼までには屋敷に戻りますから、大丈夫ですよ。兄上さまのお昼も、ちゃんと届けに来ますので」

理世は楽しそうに笑った。門のほうを見やれば、吾平が女物らしい風呂敷包みを手に、理世と初乃が出てくるのを待っている。

初乃は卯之松に「しっかり学んできなさい」と言い含めると、理世とともに矢島家を辞した。門の表から、最後にちらりと様子をうかがった顔は、やはり不安げだった。

しかし、卯之松は母の心配をよそに、あっという間に筆子たちに囲まれていた。

「卯之松っていうんだな」

「はい」

「声が小さいぞ。将太先生みたいに、でかい声を出しなよ」

「は、はい！」

「わぁ、七つなのに、おいらより背が高いな」

「十蔵は、顔も背丈もかわいいから」

「かわいいって言うな！」

わいわい、ぎゃあぎゃあ。にぎやかに声を上げながら、筆子たちは卯之松を勇源堂に連れていく。卯之松は目をぱちぱちさせながら、いちばん前の真ん中の席に落ち着いた。

千紘が皆に号令をかけた。

「それでは、改めまして。皆さん、今日の手習いを始めましょう」

「はぁい！」

一斉に皆が返事をする。卯之松も一緒になって声を上げるのを見て、将太は、この子なら大丈夫だと胸を撫でおろした。

卯之松はすんなりと勇源堂に馴染んだ。将太の目にはそう見えた。

昼は理世が届けてくれた弁当をおいしそうに食べていた。手習いが終わった昼八つ過ぎは、心配した初乃が迎えに来るまで、矢島家の庭で十蔵たちと遊んでいた。

自分では意に介していなかったが、将太は卯之松のことで、やはり気を張っていたようだ。夕刻になると、将太はすっかり疲れていた。そんなふうでは怪我をするぞと龍治に忠告されたので、道場での稽古を早めに切り上げ、屋敷へ向かった。

帰宅する足が重いのはいつものことだ。が、今日はなおのこと重い。

卯之松の手習いのことで、父や兄に何か言われてしまうだろうか。それとも、手習いの一件などなかったかのように、醒めて静まり返った屋敷の中では、いつもどおり淡々と時が過ぎていくのだろうか。

門が見えてきたとき、家紋の入った乗物が着いたばかりなのが目に入って、将太は思わず足を止めた。黄昏時《たそがれどき》の薄暗がりに、乗物のそばで話をする三人の姿が浮かび上がっている。

目を凝《こ》らしてみると、理世と卯之松と丞庵だ。

「何を話しているんだろう……」

理世が丞庵と言葉を交わすところを見たことがなかった。丞庵は父に輪をかけて口数が少なく、とにかく物静かな男だ。能面のような顔は、ほとんど表情が変わらない。

ところが、理世が卯之松を促し、卯之松が何かを丞庵に見せると、丞庵の様子が変わった。不意に口元を緩め、そのかすかな笑みを隠すように口元を手で覆《おお》ったのだ。

あんな丞庵の顔など、将太は見たことがない。

何事が起こったのだろうか？

朗らかな笑顔の理世と、得意げな様子の卯之松とともに、丞庵はまだ口元を覆いながら、門をくぐって屋敷の中へ入っていった。

「今のは何だ？　卯之松の入門の件といい、理世は何をしている？　どういうことなんだ？」

将太は悶々《もんもん》としてしまった。

夜、理世が持ってきた日記に、その疑問への答えが書かれていた。

昨日、理世が初乃と話したこと。その流れで、初乃に秘密を打ち明けてしまったこと。秘密というのは、将太と二人で一冊の帳面を使って、交互に日記を書いていることだ。そして初乃にも、丞庵と二人で日記をつけたらどうかと言ってみたこと。

それから、寂しそうな卯之松に、勇源堂に通うのはどうかと提案したこと。閉じこもって鬱々としていた初乃には、向島を案内してほしいと頼んだこと。初乃は娘の頃、向島へ出掛けて花を愛《め》でるのが好きだったらしい。

今日の夕刻には、卯之松と一緒に丞庵を門前で待ち構えていたこと。卯之松は手習いで書いた字と絵を、どうしても自分で丞庵に見せたかったのだという。丞庵が早めに帰ってきて卯之松と話せるよう、理世は用人の桐兵衛に頼んで、往診先へ手紙を送ったらしい。

「そういうことだったのか。卯之松が、あの字と絵を……」

字でも何でも、好きなものを好きなように書くといい。手習いにやって来た初日にはそう言って、筆子にまっさらの紙を渡すことにしている。

卯之松は、かな文字は書けるのだと胸を張って、堂々と大きな字を書いた。

おおひらじょうあん　はつの　うのまつ

好きなものをと言って、自分の名前や家族の名前を書く子は多い。たいていは拙《つたな》い字で、左右がひっくり返っていることもある。だが、卯之松の字は伸びやかで、実に形がよかった。初乃が丁寧に教えてきたのだろう。

空いた隙間に、卯之松は両親と自分の絵を描いた。お気に入りのナクトも隅に入れたら、真っ白だった紙はずいぶんにぎやかになった。

それを、帰ってきて早々の丞庵に見せたのだ。その前に初乃にも見せたことだろう。卯之松はきっと得意げに笑っていたはずだ。今日一日で、将太も今の卯之松の顔をちゃんと覚えた。

理世は日記に、丞庵と初乃の仲が冷えてしまっていると書いている。初乃はそれを憂《うれ》えている。向島を散策する間、いろいろと話を聞いたようで、大丈夫だろうかと心配している。

「なるようにしかならんだろうな」

夫婦の仲が云々《うんぬん》と、そういうことは将太にはわからない。

しかし、理世のお節介が能面のような丞庵の顔つきを、わずかながら変えた。理世に任せておけば、あの夫婦の間にも温かな熱が戻ってくるかもしれない。

「俺はまず、勇源堂で卯之松と向き合うことにするよ。屋敷の中のことは、おりよ、おまえに任せる」

将太は日記に向かってつぶやいた。勢いのある理世の字は、この窮屈《きゅうくつ》な屋敷にあって唯一のすがすがしい風だった。

第四話　似ている二人

一

「驚いたなあ、将太。おまえさんがそんなに怒るとはなぁ。よっぽど妹がかわいいんだな。うん？」

にやけ顔の霖五郎にからかわれたのは、八月初旬のことだった。霖五郎が唐突に勇源堂の将太のもとを訪ねてきてから、二日の後だ。

ひと悶着《もんちゃく》あった後だった。

霖五郎は「ふうん」と歌うように言って、にやりとした。成り行きを見守っていた理世は、なおもはらはらした様子で、将太に不安げな目を向けていた。

すまない、と将太は皆に深々と頭を下げた。

その日、またしても前触れなく、霖五郎は現れたのだ。豪勢な昼餉の弁当を携えてのことだった。

そこへ理世が、将太と卯之松の弁当を持ってきた。

霖五郎はすぐさま理世に目を留め、名乗るより先に口説《くど》きだした。

「おやおや、これはまた愛らしいお嬢さんじゃねえか。江戸には小股の切れ上がったいい女がいるって話は聞いちゃいたが、おまえさんはそういう感じとも違うな。ああ、でも、いいね。かわいいよ」

理世はびっくりして目を丸くしている。

霖五郎は膝を屈めて、小柄な理世の顔をのぞき込んだ。霖五郎は、甘い感じの二枚目と言ってよい。頰の赤いあざも、当人は気にしていない。むしろ、牡丹《ぼたん》の花びらみたいだろ、と気取ってみせるのだ。

「俺は霖五郎っていうんだが、かわいこちゃん、おまえさんの名は？　この近くに住んでるんだろう？」

霖五郎は、気に入った相手を即座に口説く。相手が女でも男でも、同じような口説き方をする。からりとした口調で「いいね」と誉め倒しながら、ひょいと相手に近寄って肩を抱く。手を握る。そして、いつの間にか「どうだい、一緒に呑まねえかい？」という問いにうなずかせているのだ。

京にいる間、何度も見てきた光景だった。将太自身、初めはそんなふうにして霖五郎と仲良くなった。

ところがである。

霖五郎はこういう男だとわかっていたのに、将太はかっと頭に血が上った。刹《せつ》那《な》ではあったが、我を忘れた。音も声も聞こえなくなった。無心のうちに体だけが動いていた。

黙って霖五郎の腕をつかんでひねり上げたところで、唐突に、音と声が耳に戻ってきた。

「痛《い》ててて！　おい、将太、一言もなく馬鹿力を振るうのはよしてくれよ。俺はおまえさんと違って、か弱いんだぜ。何だ、どうしたんだよ？」

苦笑する霖五郎の顔が、将太の目に映る。自分が何をしているのかに気づいて、はっとした。慌てて霖五郎の腕を放す。

「……すまない。俺の妹なんだ。変なちょっかいを出さないでくれ」

「妹？　妹なんかいたっけ？」

「去年、養女として大平家に入ったんだ。血はつながっていない。だが、俺の妹なのは間違いない。おかしな振る舞いをしないでくれ。いくら霖五郎さんでも見過ごせん。いきなり痛い思いをさせたのは悪かったが……」

霖五郎は、「ふうん」と言った。顔を背《そむ》けた将太のまなざしの先へ、わざわざ回り込んでくる。からかいよりも意地の悪いものを含んだ笑みで、霖五郎は将太を見上げた。

「妹さんのことになると、ずいぶん怒るじゃねえか。うん？　血のつながっていない、かわいらしい妹ねえ。そりゃあ、大事にもしたくなるよな？」

「いや、その……」

気まずくなった将太は、さらに顔を背けた。理世と目が合いかける。また、ぱっとまなざしをそらす。

「まあいい」

霖五郎は将太の胸をとんとんと拳で軽く打った。そして言ったのだ。驚いたなあ、と。

将太自身、驚いていた。そして、恐ろしくもなった。鬼子であった頃の自分を収めた箱を、もっと厳重に、胸の奥に封じなければならない。今の将太が我を忘れて暴れることなど、あってはならないのだ。

忸怩《じくじ》たる思いで、将太は深々と頭を下げ、すまないと詫びた。

そういうことがあったのを、霖五郎がわざわざ吾平に教えたらしい。その晩、将太の部屋に夕餉の膳を持ってきたとき、吾平は初め、にんまりとしていた。

「霖五郎さま、たいそうおもしろがってはりましたよ。見ろよ、ここをつかまれたんだとおっしゃって、袖をめくって見せてくれはりました」

将太は、手にした箸を取り落とした。

「あざにでもなっていたか？」

「指の痕がくっきりと」

思わず額に手を当てる。力加減ができずに人に怪我をさせるなど、許されない失態だ。筆子を預かる師匠として。それ以前に、一人の人間として。

握った拳で、ごつんとこめかみを打った。

吾平が慌てた。

「いきなり何を？」

「自分を罰したくて」

「そないなこと、せんといてください。霖五郎さまは、あざが痛むとも何ともおっしゃってはりませんでした。あんなん、男同士でじゃれ合っとったら、いつの間にかこしらえとる程度のあざですわ。そない気に病むほどのもんと違います」

「しかし……」

吾平は居住まいを正した。

「将太さま。カツ江さんから、幼い頃の将太さまのことを聞きました。鬼子と呼ばれてはったことも、あまりに聞き分けのない暴れ者であったことも、その頃の振る舞いを将太さまが悔いてはることも、すべて聞かせてもらいました」

「俺を恐ろしいと思うだろう？」

「いいえ、ちっとも」

「……だが、俺は、自分が恐ろしい。今日、ほんのわずかな間だが、昔の自分に戻っていた。かっとなって、気がついたら霖五郎さんに手荒な真似をしていたんだ。恐ろしかった」

吾平のまなざしを感じながら、目を合わせることができない。

まるで鬼のお面のように、この目はぎらぎらとした金色に光っているのではないか？　俺は本当に人間の目をしているのか？

いつも心の奥底で己に問う将太自身の声が、今日はひときわ大きく響いている。

吾平の穏やかな声が、将太の自問自答をやんわりと押し包んだ。

「きっかけを覚えておいたらええと思いますえ。将太さまが自分を見失ってしまうほどのこと。固く封じてはるものを破ってしまうほどのこと。そのきっかけさえわかっていれば、将太さまは、ちゃんと己《おのれ》のままでいられるはずです」

「きっかけか」

「へい。せやから、あんまり己のことを嫌わんとってください」

我を忘れたきっかけについて、将太が考え込んでしまうと、吾平は一礼して部屋を辞した。

考え事を始めたせいで、夕餉がなかなか進まない。一口食べては考え、頭を働かせている間は手が止まる。これではいかんと思い直し、まずは夕餉を平らげようとしても、気づけばまた考え事に没頭して手が止まっている。

ぐるぐると悩んでしまうのは、答えを出したくないせいだった。

わかりきった答えなのに、たどり着いてしまうのが怖い。

「おりよ……」

将太はとうとう、つぶやいてしまった。

声に出すと、もう駄目だ。このままでは駄目なのだ。もっときちんと胸に封をしなくては。鬼子の本性も、抱いてはならない想いも、決して表に出てこないよう、しっかり封じてしまわなければ。

呆然《ぼうぜん》としたまま悶々と悩むうち、夕餉はすっかり冷めてしまった。

二

今年は秋が長い。仲秋八月の後に、閏《うるう》八月が差し挟まれるせいだ。

この暦《こよみ》というものについて、直之介の屋敷で酒を飲んだ折、霖五郎が博識なところを披露した。

「これは天文学の話なんだが、冬至《とうじ》から次の冬至までを数えると、三百六十五日か六日になる。三百六十五日を十二の月で割ったら、一月あたり三十日か三十一日になるだろ。西洋の暦はこの日数に従って、一年を三百六十五日にするよう整えているそうなんだ」

直之介はおもしろがる様子で、眉をくいと動かした。

「聞いたことがあります。日の本の正月とは異なる時季に、本石町《ほんごくちょう》の長崎屋《ながさきや》や築地《つきじ》の芝蘭堂《しらんどう》では、オランダ正月の宴を開いているそうですね」

吾平は直之介の盃に酒を注いでやりながら、首をかしげた。

「ほんなら、月の満ち欠けはどないなるんです？　日の本の暦は、大の月は三十日、小の月は二十九日と、月の満ち欠けに従って作られるもんでしょう。せやから、月の始めの朔日《さくじつ》いうたら空にお月さんは見られへんし、十五夜は必ず満月。京では、お盆の七月十六日の送り火は丸いお月さんと一緒に見られるもんです」

「西洋の暦では、月の満ち欠けはあってなきがごとしだ。一日でも満月のときがあるし、晦日《みそか》に三日月《みかづき》が見られる夜もある」

「はあ。何やら、けったいな感じがしますなあ」

将太は口を開いた。

「しかし、日の長さから割り出せば、冬至から次の冬至まで、つまり一年は三百六十五日なんだ。であるのに、二十九日か三十日で一巡する月の満ち欠けで暦を作っていては、一月から十二月まで終えたとき、少なく見積もっても五日のずれが出る。そのずれを考えると、それもまた据わりが悪いな」

「ずれて余った数日を何年ぶんか足し合わせて、閏月《うるうづき》をつくる。その閏月をいつの年の何月の後に入れるのが正しいのか？　それを勘定するのが、天文方の本来の仕事だ。昔は陰陽道《おんみょうどう》の一種だったが、今では天文学と呼ばれるやつだな」

かつて将太に暦の見方を教えてくれたのは、源三郎だった。大の月や小の月、閏月というのが何なのか、と問うたとき、源三郎は嬉しそうな顔をしたものだ。源三郎が喜んだわけは、将太の目に映るものが増えたからだった。目の前にあるものだけでなく、壁に貼ってある文字にさえ、意を向けることができるようになったのだ。

当時の将太にとって、暦の話は難しかった。一度聞いただけでは、十分にわからなかった。翌日、源三郎は手習所に、月の満ち欠けの図、夏至《げし》や冬至といった二十四節気《にじゅうしせっき》の一覧、ここ数年ぶんの暦などを持ってきて、筆子の皆が「わかった」と言うまで、時をかけて暦について説明してくれた。

ただ暮らしていくだけなら、壁に貼られた暦の読み方さえわかっていれば、何の差し支えもない。だが、源三郎は将太たちのために、暦というものの仕組みまで教えてくれた。

閏月が巡ってくるたびに、将太は源三郎の暦の講義を思い出す。

暦の講義は小難しいものではあったが、とてもおもしろいとも思った。物事を裏側から支えているのは、大昔から人間が培《つちか》ってきた学問なのだと知った。知ることや学ぶことのおもしろさをはっきりと感じ始めたのは、ちょうどあの暦の講義の頃からだった。

ふと、思いついたことがあって、将太は口にした。

「八月十五夜の月は芋名月《いもめいげつ》で、里芋の煮たのを飾るだろう？　九月十三夜は後《のち》の月《つき》で、豆名月《まめめいげつ》や栗名月《くりめいげつ》と呼ばれる。そうなると、閏八月は何名月なんだ？」

霖五郎がするすると答えた。

「何名月という呼び方が特別にあるとは聞いたことがない。ただ、閏八月が入る場合は、閏八月十五夜を後の十五夜と呼んで、二回目の十五夜の月見をするものだそうだ。ちなみに閏九月が入った場合は、後の月である十三夜の月見を二回やるというわけだな」

「おお、そうなるのか。霖五郎さんは何でも知っているんだな」

「伊達《だて》にいろんな学問を渡り歩いてるわけじゃあないさ」

直之介は酒を飲みながら筆を走らせていた。将太たちの話をおもしろいと思えば、手近な紙にざっと要点を書きつけるのだ。何のために書いているのかと問うても、はぐらかされた。ちょっと変わった癖《くせ》だが、そろそろ気にならなくなっている。

「今の話も気に入りましたか？」

将太が尋ねてみると、直之介はにこりと笑った。

「あなたがたの話は、いつだっておもしろいのですよ。しかしまあ、ひねくれ者の変わり者と呼ばれ続けてきた私の屋敷に、こんなに愉快な若者たちが集う日が来るとはね」

勇実が本所を去っていき、居心地のよい場所を一つ失ったと感じていた。だが、直之介が越してきて、筆子たちや霖五郎が出入りするようになって、この屋敷が再び将太の居場所になりつつあるのだった。

霖五郎は深川の海辺大工町《うみべだいくちょう》の山崎屋に寄宿している。周囲には、銚子《ちょうし》から送られてきた干し鰯《ほか》を売る店も多いらしい。その話から察するに、高橋組《たかばしくみ》東側や銚子場などとも呼ばれる一帯に、山崎屋はあるようだ。

今のところ、霖五郎は店の仕事に一切関わっていないらしい。そもそも霖五郎は、商いのやり方を身につけていないのだ。店に顔を出したりなどすれば、かえって迷惑をかけるという。

働きもせずに毎日ふらふらと物見遊山をし、知人の伝手を頼って学問塾に遊びに行く。たまに本所相生町の勇源堂まで、菓子を手みやげにやって来る。

勇源堂では、筆子に尋ねられれば何でも教えてやれるので、霖五郎の存在は大きな助けになっている。特に千紘がありがたがっている。何せ、将太は常に勇源堂にいるわけではないのだ。中之郷《なかのごう》に屋敷地を持つ旗本の子息のもとへ手習いを教えに行く日があって、そのときは千紘ひとりに勇源堂を任せている。

霖五郎はまた、亀戸にも頻繁《ひんぱん》に足を向けているらしかった。吾平が大平家の別邸へ届け物をしに行ったとき、二度も顔を合わせたというのだ。

次に霖五郎が遊びに来た折、将太は思わず尋ねた。

「霖五郎さん、なぜ亀戸の別邸へ行ったんだ？　大平家を探っているのか？　霖五郎さんがおもしろがるようなものなど、何も出ないはずだぞ」

「俺がおもしろがるものって？　もしや大平家の別邸には、理世ちゃんみたいな美人さんが隠されているのかい？」

「まぜっかえさないでくれ。そうじゃない」

「からかっただけだよ。学問のことだろう？」

「ああ。大平家の医術は、正統なる漢方医術だ。真新しいところなど何もない。お城や大奥《おおおく》の医官を束ねる多紀家《たきけ》とも、曽祖父の代からつながりが強い。父や叔父や兄たちも多紀家に師事して、免許皆伝《めんきよかいでん》に類する書状まで得ている。本当に、四角四面で古色蒼然《こしよくそうぜん》たる医家なんだ」

権威と一緒くたになった学問など、霖五郎の最も嫌うところだ。近寄りたくもないはずなのに、わざわざ別邸に足を向ける理由が、将太にはわからない。

霖五郎は、ぽんと将太の肩を叩いた。

「家の話となると、やっぱり暗い顔をするよな。そう心配したり怯えたりするほどのこともないと思うぞ」

「いや、心配というか、俺は……」

「大平家は安泰だ。せっかく多紀家と仲がいいんなら、いっそお城の医官になっちまえばいいものを、医学館《いがくかん》に入った者はいないんだって？　つまり、町医者であることへのこだわりがあるわけだ。多紀家としても、有能な大平家との住み分けができるのは安心なんだろうよ」

「安心とは？」

「子飼いとしてかわいがっていたはずが、いつの間にか寝首を搔かれていた、なんてことになったら、目も当てられないだろう？　大平家には別の戦場を任せておいて、そっちで多紀家の子飼いとして勢力を伸ばしてくれるほうがいい。こういう付き合い方をしているから、大平家は多紀家から潰されずに済んでいる」

将太は答えに困った。医家としての勢力争い、しかも奥医師という権威にまで関わるほどの大きな争いに自分の家が絡んでいるなど、考えたこともなかったのだ。

いや、考えることを避けていた、というのが正しい。将太が知っておくべきことを、代わりに霖五郎が調べてきて、こうして語ってくれているのだ。

「……俺は本当に、家のことはわからん。医術もほとんど学ばなかった」

「俺と一緒に、漢蘭折衷《かんらんせっちゅう》の医術を少しかじった程度だな。筆子が熱を出したり怪我をしたりすれば、まず将太が診てやるらしいが？」

「傷を洗って血を止めてやったり、冷やすのがいいのか温めるのがいいのかを判断したり、そのくらいだ。薬を処方するようなのは、恐ろしくてできない。人の命を預かって、左右してしまうなんて」

人並外れて大きなこの手では、人の命を救うどころか、握り潰してしまいそうで恐ろしい。

ふふんと鼻で笑った霖五郎は、覚えてきたことを諳んじる口調で言った。

「何にせよ、将太、おまえさんは大平家の中では変わり者なんだな。大平家といえば、男は医者になり、女は医者か薬屋に嫁ぐというのが家風だそうだが。まあ、おまえさんのかわいい妹は、大身旗本に嫁ぐ約束で長崎から来たんだったたか。もとは大きな薬種問屋のお嬢さんなんだって？」

「誰に聞いた？」

「本町《ほんちょう》のでっかい薬屋まで行って、伯母上《おばうえ》さまに聞いてきたんだよ」

父の実姉《じっし》である伯母こそが、理世の件を持ち込んだ張本人だ。長崎の薬種問屋との結びつきを強固なものにするべく理世を大平家の養女とし、医者で富豪の大平家との縁を求める旗本のために理世との縁組を仲立ちした。

もしその縁組がうまく祝言まで漕《こ》ぎ着けていれば、大平家としても得るものはあった。

医家として成功し、かの多紀家からもそれを認められているとはいえ、無役の御家人に過ぎない大平家である。後ろ盾となる旗本との結びつきは、むろん一つでも多いほうがよい。母の君恵や兄嫁の初乃が旗本の出であるのも、そういった思惑が背後にある。

「前にも言ったが、理世の縁談はまとまらなかった。先方の都合のせいでな」

「まとまらなくてよかったじゃないか。理世ちゃんの相手になるはずだった旗本の御曹司《おんぞうし》は、深川でも有名だぞ。とんでもない阿呆《あほう》だって」

「阿呆？」

「聞いてないか？　阿呆といってもいろいろな型があるが、あの阿呆は、あちこちに女をつくる型の阿呆だ。女郎を相手にするというのならまだどうにかしようがある。しかしその阿呆、よりにもよって、素人の娘さんとねんごろになっちまうんだと。同時に幾人もの娘さんとだ」

「ねんごろというのは、つまり……」

「まるで夫婦のようになっちまうってことだ。隠し子がいるだの一人ではないだの、そもそも隠していないだの、人に聞いて回れば回るほど、そういう噂が耳に入ってくる。これから縁談を進めようっていう、独り身のはずの男がだぞ」

将太は顔をしかめた。

「一体、その阿呆は何を考えているんだ？　思い描くこともできん」

「まったくだ。恋の相手が一人に女郎遊びを幾人か、という形であっても、間柄がだんだんこじれていって面倒だし、誰に何を思えばいいのかがわからなくなってくるもんだ。ましてや、誰が本命なのかわからんようなのを幾人もというのは、まったくもって理解できん」

いや、女郎遊びというのも楽しいのかどうかわからん、と将太は思った。口には出さない。うっかり口を滑らせて「楽しさを教えてやろう」と張り切った霖五郎に深川の盛り場に連れていかれたら、たまったものではない。

ああいった酒宴の場が、将太はどうしようもなく苦手だ。

目の前に酒と料理があって、向こうのほうで唄に三味線に踊りをやっていて、そしてまた商売女たちが右から左から華やいだ声で話しかけてくる。どこに耳を向け目を向ければよいのか、考えれば考えるほどわからなくなる。見聞きすべきものの数も種類も多すぎて、声を発せなくなる。動けなくなる。頭が痛くなる。

将太は嘆息してつぶやいた。

「一人いれば、十分だ」

理世を守ってやることができれば、それで十分なのだ。

独り言のつもりだった。だが、将太の声は大きすぎるらしい。

「ほう、相手は一人でいいのか。おまえさんは相変わらず一途《いちず》で初心《うぶ》だなあ」

聞きつけた霖五郎は、からかいの笑みを浮かべていた。

三

閏八月に入ると、風がぐっと涼しくなった。それで霖五郎が慌てだした。

「このままじゃあ、舟遊びができないうちに肌寒くなっちまう。嫌だぞ、俺は。

せっかく江戸に来たんだ。江戸といえば、川、堀、舟だろう？　なあ、舟遊びをしよう。明日でどうだ？」

理世が霖五郎の味方をした。

「みんなで行くなら楽しそう。兄上さま、都合がつきませんか？」

「理世も、舟に乗ってみたいのか？」

「はい！　海に浮かべる舟は、数えきれないくらい乗ったことがあります。でも、川の舟は初めてなんです。それに、江戸の川や堀にはいつもたくさんの舟が行き交っているでしょう？　にぎやかな景色で、あの中に加わることができたら、きっと楽しいと思うんです」

理世が乗り気なら、将太も都合をつけるのはやぶさかでない。吾平も「皆さんが行かはるのなら」と控えめに言って、目を輝かせた。

直之介も誘ったが、こちらは断られてしまった。何やら仕事が立て込んでいるとかで、目の下にげっそりと隈《くま》をこしらえていた。

屋根舟で大川へ繰り出すことになったのは、閏八月の十日だった。深川にすっかり詳しくなった霖五郎が、村雨屋《むらさめや》という船宿を待ち合わせの場に選んだ。寄宿先の山崎屋と懇意にしており、信が置ける宿だそうだ。

手習いをお開きにした後、将太はいつもより一足早く勇源堂を離れた。理世と吾平と合流し、深川へ向かう。

用意のよい吾平は、あらかじめ村雨屋の場所と評判を確かめてきていた。

「おかしな宿やったら、かなわんと思いまして。でも、杞憂《きゆう》でしたわ。ええ宿のようです。宿の旦那さんもおかみさんも溌溂《はつらつ》とした人で、まだ三十にも届いてへんみたいです。船頭たちも若くて、まさに江戸っ子いう感じの威勢のよさでした」

村雨屋は、深川海辺大工町の高橋組西側にあり、山崎屋からもほど近いところに建っていた。簡素な造りの船宿である。裏は小名木川《おなぎがわ》に面しており、屋根舟が二艘と猪牙舟《ちょきぶね》が二艘、係留《けいりゅう》されていた。

二階建ての造りだが、客に使わせているのは一階だけのようだ。小上がりや座敷はなく、土間に床几《しょうぎ》が置かれている。客に出すのは酒肴《しゅこう》ではなく、茶とちょっとした菓子のみ。その代わり、客を待たせずに、さっと舟に案内する。屋根舟で宴を開きたいという客には仕出し屋を紹介する。

船宿にも、実にいろいろな店がある。舟を待つまでの暇つぶしのためという名目で酒を出すところ。料理に凝っているところ。宿のほうこそを主としているため、逢《あ》い引《び》きの場に使われるところ。どちらかというと、逢い引きの話が世に出回りやすいので、吾平は初めに船宿と聞いて、勘違いをしかけたらしい。

「ひどいところやと、女中を客に侍《はべ》らせて女郎の真似事をさせよるそうですわ」

ご公儀の定めを破り、奉行所の目をかいくぐっての売色《ばいしょく》であるから、見つかれば罪に問われる。それと知らずにいかがわしい船宿に入ったりなどすれば、罪の片棒を担いでしまうことになる。

村雨屋に信が置けるというのは、わかりやすい店の造りが理由だろう。いっそ殺風景なほど簡素な造りの店内に、女郎まがいの女中を隠しておけるところなどない。客が店の床几を使うのは待ち合わせのときだけで、さっさと舟に乗せてしまうのが村雨屋の流儀である。

将太たちが村雨屋に着いたとき、霖五郎は床几に掛け、茶や菓子も目に入らぬ様子で何かを滔々と語っていた。同じ床几には見知らぬ若い男が座っていて、霖五郎の話にあいづちを打っている。

男のたたずまいに、将太はびっくりして足を止めた。似ている、と直感したのだ。

「何だ？　誰なんだ、あの人は？」

小首をかしげた感じや、言葉を発するときの口元、男のわりに線の細い体つき。霖五郎のまなざしを追って、こちらを見据えた目の形。

「おりよ……」

その男は、理世と似ている。将太はわけもなく、ぞっとした。

男はすっと立って会釈をした。背丈は霖五郎と変わらない。男としては並み程度だろう。きびきびとした仕草でこちらへ歩んでくる様子は力強さを感じさせる。最初に目に留まったときの、線が細いという印象も薄らいだ。

こうして向き合ってみれば、理世とは似ていない。似ているところを思い出そうとしても、わからなくなる。さっきは驚いてしまったが、わずかの間、目が惑っただけだったのだろうか。

腰の刀は、大小ともに柄糸《つかいと》と下緒《さげお》が朱色なのが目を惹《ひ》いた。着物は鼠色《ねずみいろ》の濃淡でまとめてあって、すっきりとしている。

霖五郎が男を紹介した。

「朱之進《あけのしん》さんといって、ついさっきなんだが、学問の話で意気投合《いきとうごう》してな。せっかくだから舟遊びを一緒にどうかと誘ったんだ。俺たちのつくりたい学問塾のこと、大いに賛同してくれた」

男は涼しげな笑みを口元に浮かべた。

「拙者《せっしゃ》、朱色の朱と書いて、朱之進と申します。霖五郎どののとともに、皆さんを待っておりました。大平将太どののと、理世どの、そして吾平どののですね」

違えることなく一人ずつを見据えながら、朱之進が確かめた。今しがた将太どのの噂をしていたのですよ、と朱之進が言うので、将太は眉をひそめた。

「噂、とは？」

「陰口などではありませんよ。霖五郎どのも吾平どののも、江戸に将太どのがおられればこそ、東海道《とうかいどう》を東へ東へと旅してこられた。この江戸で仲間が集うのだ、その真ん中が将太どのなのだ、とね」

将太どの、将太どのと、妙に親しげに呼んでくれるものだ。見るからに鷹揚《おうよう》そうな霖五郎のような男なら、引っかかりはしない。だが、いかにも折り目正しそうな武家の男が、である。

胸の内がざらりとする。将太は尋ねた。

「あなたのことは、朱之進さんとお呼びしていいんでしょうか？」

「はい。むろんですとも」

「しかし、武家であられる。大平家はさほど大した家柄でもありません。礼を失した振る舞いをしては、父や兄に面目が立ちませんので。お家はどちらに？　いや、姓をうかがってもよろしいでしょうか？」

なぜ妙にこだわってしまうのだろうか、と将太は自分でも奇妙に感じた。勇源堂の筆子や、道場で顔を合わせる相手ならば、武家の者であっても細かなところまでは気にしない。近所の者だから素性がわかっている、という事情もあるが。

朱之進は軽く目を細めた。その口が、「た」と言いかけた。そんなふうに見えた。

一瞬、朱之進は将太から目をそらした。そして改めて口を開いた。

「橘《たちばな》、です。橘朱之進と申します。屋敷は市ヶ谷《いちがや》にあります。一応旗本ですが、さしたるお役には就いておりませぬよ」

「でも、市ヶ谷の旗本とは。やはりきちんとしたお家なんでしょう？」

「古い家柄ではありますが、誇れるものなど一つも。何と言いますか、拙者も家族とはそれなりにわだかまりがありましてね。将太どのも、お家のことで悩んでおられるそうですね」

「家のことというか、まあ……」

「実を申せば、拙者、妹がおりまして。しかしながら、父の勝手に振り回されて、生き別れになっているのです。我が家のことと言うと、こんな話ばかりですよ。いや、お恥ずかしい。このあたりで勘弁してください」

隠し事がある口ぶりだが、将太は追及できなかった。

だから話を変えた。

「霖五郎さんとは知り合ったばかりなんですよね？　学問の話をしたというのは、一体どういう話の流れで？」

京で仲間たちと語っていた学問塾について、父には即座に反対された。直之介は危うさを察したからこそ、隠れて集う場として屋敷に招いてくれた。

では、朱之進はどういう立場でその話を聞いたのか。

自分は今、怪訝《けげん》な顔をしているかもしれない、と将太は感じた。霖五郎が人の懐に飛び込んで親しくなるのはいつものことだ。しかし、朱之進はどうなのか。一緒に舟遊びをしようという誘いに、いきなり乗るような人物なのか。

朱之進は、将太の目をまっすぐに見返している。

「ご覧のとおり、拙者は一介の武士に過ぎぬ身ではありますが、算額《さんがく》を解くことをひそかな楽しみとしておりまして。いや、勤めの休みに深川にまいって霊巌寺《れいがんじ》の算額を解いた帰りに、霖五郎どののようなおもしろき御仁《ごじん》に出会えるとは、拙者も運がよいものです」

算額とは、寺社に奉納された絵馬《えま》のうち、算術の難問を書きつけたものだ。我こそはと自負する算術の達者が算額を奉納する。算額を見つけたら、誰でもその難問に挑んでよい。

おもしろき男と呼ばれた霖五郎は、嬉しそうに朱之進の肩を叩いた。

「今までに解いてきた算額の写しを見せてもらったんだが、大したものだぞ。朱之進さんにかかれば、解けない問いなどないくらいだ」

「たいていのものは解けますよ。近頃は手応えのない算額にしか出会えず、物足りなく感じておるところです」

「自分で算額を書いたりもするんだろう？」

「幾度か奉納したことがあります。これぞという良問を思いついたときにね。芝《しば》の泉岳寺《せんがくじ》に奉納したものは、まだ誰にも解かれていないようです。気分のいいことですよ」

受け答えに不審なところなどない。霖五郎も楽しそうにしている。

俺は何を警戒しているのか、とも思う。

いつしか、朱之進がじっと理世を見据えていた。理世が何となく将太の後ろに隠れようとするくらい、強いまなざしだ。将太もそれに気づいて、つい身構えた。

朱之進が目元を和《やわ》らげた。

「これは、とんだご無礼を。美しい娘御であられるので、うっかり目を奪われてしまいました」

理世が言い返した。

「朱之進さまこそ、お美しくいらっしゃいます。殿方にこんなことを申し上げるのは、かえって失礼かもしれませんが」

「いえ、おなごからの賞賛《しようさん》はありがたく頂戴《ちようだい》しますよ。父がこういう顔をしているものでね。父とも、武家ではなく、役者の家にでも生まれればよかったのかもしれません」

朱之進は、人差し指で自分の頬のあたりをついてみせた。

船宿のおかみが一行に声を掛けた。

「そろそろご出発なさいませんか？　積もるお話は、舟の上でどうぞ」

霖五郎が機嫌よく返事をした。

「ああ、そうだな。じゃあ、皆の衆、舟遊びと洒落込もうじゃねえか！　おかみ、おたくの船頭に世話になるぞ」

「行ってらっしゃいまし。生まれも素性もさまざまなお友達と仲がよろしいだなんて、楽しゅうございましょう。江戸にお住まいのご兄妹さまもいらっしゃるんでしたっけ。どうぞ楽しんでいかれてくださいね」

ご兄妹さま、と言いながら、おかみは朱之進と理世を順繰《じゅんぐ》りに見つめた。

将太は背筋が冷えるのを感じた。最初に朱之進を見つけた瞬間に将太の中を駆け抜けた、理世と朱之進が似ている、という直感。それを、客商売の玄人《くろうと》である船宿のおかみも感じたのだ。

理世はきょとんとして、目をしばたたいた。

思わず将太は声を上げ、理世の肩に手を載せた。

「兄妹というのは、俺とこの娘のことです。少しも似てはいませんが」

おかみは、あらやだ、と手を口に当てた。

「勘違いしちまいましたか。大変失礼いたしました。考えてみりゃあ、うちの亭主と義姉《ねえ》さんも、ちっとも似ていませんものねえ。兄妹って、案外そんなもんですよね」

将太もおかみも、互いにごまかし笑いを浮かべた。妙な間《ま》が落ちる。

吾平が助け船を出した。

「ささ、将太さまが一番に乗らはってください。そしてお次は理世お嬢さまが。将太さまのお手にすがって舟に乗ったら安心でしょう?」

そうだな、と皆がうなずいた。

将太は桟橋《さんばし》からひょいと脚を伸ばして、たやすく屋根舟に乗り込んだ。艫《とも》で櫓《ろ》を手にした船頭が、大げさな様子で将太を見上げ、「でっけえお人でさあね」と感心した。

先に理世の荷物を、将太が受け取った。それから理世に手を差し出す。

「おいで、理世」

「はい」

理世は将太の手を取りながら、ふわりと身軽に舟に乗った。霖五郎と吾平が、揺れる舟に体勢を崩しながら、適当なところに腰を落ち着ける。

朱之進は、平地を行くかのように危なげなく、舟に乗り込んだ。すらりとした細身のようだが、その実、かなり鍛えてあるらしい。

船頭が一声掛け、舟が動きだした。

舟遊びと呼んではいるものの、酒を持ち込んだわけでも芸者を招いたわけでもない。ただ大川を遡上《そじょう》し、両岸のにぎわいを水上から見物して、適当なあたりで舳先《へさき》を返して戻ってくる。それだけだ。

すいすいと進む舟は風を受ける。屋根の下で日陰になっていることもあり、ずいぶん涼しかった。

将太は、すぐそばに掛けた理世に声を掛けた。

「風が当たって肌寒くないか？」

「大丈夫です。将太兄上さま、舟では楽器を弾いてもいいんでしょう？」

「ああ、もちろんだ」

理世は嬉しそうににっこりした。抱えてきた包みを解くと、月琴《げっきん》が現れた。満月のように丸い胴に短い首を持つ、唐土渡りの楽器である。三味線よりも高く明るい音が鳴る。

将太が月琴を持ってやろうとしても、理世は自分で運ぶと言い張った。大平家の屋敷では弾かないらしいが、長崎から持ってきた大切な楽器なのだ。

霖五郎が、ああ、と得心した顔をした。

「なるほど、月琴か。これはいい。風流だ」

「月琴？」

首をかしげたのは吾平である。朱之進が言った。

「唐土渡りの琴の一種ですね。長崎では、唐土の文物《ぶんぶつ》がごくありふれていると聞きますが、唄も？」

理世はうなずいた。

「唐話《とうわ》の唄も歌えます。わたし、もとは武家の娘ではないもので、月琴を弾いて歌うのが好きなんです。武家の娘が芸者のように歌うのは、もしかしたら、はしたないかもしれないけれど、今日だけは……舟遊びと聞いて、それなら、ほんの少し遊んでもいいかしらと思って。聴いていただけますか？」

不安げに、理世はまず将太を見た。将太はうなずいた。

「聴かせてくれ」

理世はぐるりと見回した。霖五郎も吾平も、わずかに遅れて朱之進も、うなずいた。船頭がちらちらと理世を見ている。理世は絃《げん》を調えると、ぴぃんと張った音を響かせた。

唄が始まった途端、目に映るものが色を変えたかに思えた。水上の景色も川端の町並みも、すべて将太の目から消え去った。

理世だけに、目が惹きつけられる。

唐話で歌う理世の声は、ひときわ高く甘い。独特の節回しは、速い拍子で明るい響きだ。しかし、詞は憂いを帯びたものなのかもしれない。

恋の唄だろうか。

歌う理世の顔つきはどこか切なそうで、何を見るでもなく遠い川面を眺める目は日の光を透かしてきらめいている。

「美しい……」

どんな言葉で表すのが正しいのかわからないまま、将太はつぶやいていた。

学問を志す者は、後に国学や蘭学、あるいは医学や天文学などへ進むとあってさえ、始まりの学問は儒学である。四書五経の素読を礎《いしずえ》とするやり方が日の本に広まっている以上、例外はほぼない。

儒学はいにしえの唐土で生まれた。唐土の長い歴史を背骨のように支えてきたのは、儒学をもととする仁や義や礼といった徳の心だ。

学問を通じて儒学に触れていれば、おのずと唐土という国への憧れも生まれる。月琴を目にした霖五郎が顔を輝かせたのも道理だった。

理世が今、唐土の楽器を弾いて唐話で歌っているのを目の当たりにし、耳で楽しみながら、屋根舟の面々は各々《おのおの》満ち足りた顔をしていた。どこか気難しげな印象のある朱之進でさえ、である。

自慢の妹だ、と将太は思った。

四

短い舟旅は楽しいものだった。

理世の唄と月琴に心酔した後は、船頭の案内を聞いた。右の岸辺に見えるのが回向院《えこういん》だ。左側は浅草の米蔵が続いている。吾妻橋《あづまばし》をくぐってその先に見えてきたのが百花園《ひゃっかえん》だ。将太にとってはお馴染みの場所ばかりだ。

しかし、陸を行くなら見慣れた景色も、大川のほうから見上げると、まるで知らない町の景色のように感じられるから不思議だった。

すれ違う舟から芸者が華やいだ声であいさつしてきた。波に乗り上げて舟が弾み、そのせいで水しぶきが顔にかかった。理世の月琴や着物に水がかかったのを見て吾平が慌て、楽器や絹がどれほど水に弱いかを力説した。

一つひとつの出来事は、大したこともなかった。声を上げ腹を抱えて笑うようなことでもない。それだというのに、将太も理世もずいぶん浮かれて、はしゃいでしまった。霖五郎や吾平も楽しそうだった。朱之進も控えめに笑っていた。

年が近いであろう船頭も、しまいには一緒になって腹を抱えていた。村雨屋の桟橋を目の前にして、こんなことを言った。

「お武家さんだの学者先生だのの集まりだと聞いていたんで、こんな仕事でなけりゃあ近づきたくもねえなと思ってたんですがね。ところがどっこい、お客さんがたは、まるで子供みたいじゃあないですか。ああ、あたしゃ肩の力が入っちまってたぶん、拍子抜けしちまって、何だかおかしくってねえ」

どうぞまたおいでなすってくだせえ、と笑顔で告げて、船頭は棹《さお》を川底に突き立てた。舟が桟橋に近づく。

乗り込むときとは逆に、朱之進がまず降りた。吾平と霖五郎が続く。将太が理世から月琴を預かり、理世は朱之進の手を借りて、舟から陸へ飛び移った。

「ありがとうございます」

礼を言った理世の手を、朱之進はなおも握ったままだった。

またしても妙に長い間が落ちる。理世が眉をひそめる。その顔を見下ろす朱之進は、うっすらと微笑んだ。

「やはり、何も知らぬのか」

「え？」

「いや、つまらぬことですよ。改めまして、江戸へようこそ、大平理世どの」

大平、とわざわざ言ったとき、朱之進の語調はねっとりとして重く響いた。朱之進がようやく理世の手を放す。

将太はそんな様子を見ていながら、動けずにいた。朱之進が発する気迫に呑まれ、混乱してしまったのだ。朱之進が理世に向けた笑みには、ぞっとするほど冷たい気迫が込められていた。

あれは、悪意か。それとも殺気か。憎悪《ぞうお》、というものか？

なぜそれを、初めて会ったはずの理世に向ける？

理世が不安げに将太を見やった。それで将太ははっとして、かぶりを振った。

「人の心の機微《きび》など、俺には難しくてわからない。おかしな勘繰りをしてみても、きっと的外れだ」

川面《かわも》に向けてつぶやく。まだうまく口が動かなかった。おかげでまともに声が出ず、つぶやきは誰にも聞かれなかった。

将太が最後に陸に上がり、船頭に礼を言った。揺れない地面を踏みしめると、逆にふわふわしているような気がしてしまう。

理世は、将太に預けた月琴を受け取ろうとしながら、ふと気づいた様子で言った。

「将太兄上さまが持っていると、月琴がおもちゃみたいに小さく見える」

「俺は逆だと思ったぞ。こんなに小さいものを理世が手にすると、たいそう大きくて立派なものに見えるんだな、と」

姿の似ていない兄妹で、くすくすと笑い合う。考えることは似ている二人なのだ。肩の力が抜けるのを、将太は感じた。

と、そのときだった。

表の通りから、ほとんど悲鳴のような大声が聞こえてきた。

「やめとくれっ！　ああ、盗人《ぬすっと》だ！　ひったくりだよ！　誰か、誰かぁ！」

若くはない女の声である。一方で、幾人かの男が口々に悪態をつくのも聞こえた。それらのわめき声が遠ざかっていく。走って逃げているのだ。

合図も何もなかったが、将太と理世、それに吾平が、とっさに動いた。

一瞬遅れて霖五郎が声を上げる。

「おい待て、怪我するぞ！」

そうは言いつつ、追ってくる。

村雨屋からすぐの路上で、太った老婆がへたり込んでいる。その手が指し示す先に、土煙を上げて逃げ去る男たちの姿がある。幾人かで老婆を取り囲んで、荷を奪っていったのか。

将太は理世をちらと見やった。理世が声を上げた。

「兄さま、追って！　ここはわたしが何とかするけん！」

ぱっと出てこなかった言葉を、代わりに理世が声に出してくれた。歌えば甘く愛らしく響く声は、このときばかりは凜《りん》と厳しく、その場にいた者に鞭《むち》をくれた。

言うが早いか、理世は老婆に駆け寄り、着物が汚れることなど厭わず、怪我の有無を確かめる。

将太は走りだした。目の端に、吾平が理世に手を貸すのが映った。霖五郎が村雨屋の者たちに「自身番《じしんばん》に知らせろ！」と指図する声を、背中に聞く。

長い脚を前へ前へと出して、地を蹴り進む。一歩が大きな将太は、たいていの者より足が速い。老婆の風呂敷包みをひったくった男たちはすばしっこそうではあったが、それでも将太はぐんぐん迫っていく。

「盗人ども、待て！」

大声で威嚇《いかく》すると、振り向いて顔を強張らせたのが二人、足を速めて逃げるのが三人いる。先頭を逃げる者が風呂敷包みを抱えている。

将太の後ろから、追いついてきた者がいる。朱之進である。

「前の三人は拙者が足止めしましょう」

さらりと言って、朱之進はさらに速く、疾風《しっぷう》のように駆けていく。逃げる三人をたちまち間合いにとらえる。朱之進は刀を抜いた。

将太は、よろけた二人のほうに向き直った。

「おまえたちを捕らえる！」

盗人二人は顔を引きつらせているが、おとなしくお縄につくつもりはないようだ。匕首《あいくち》を手にしている。

「うわぁぁぁ！」

将太に近いほうの一人が、破れかぶれの雄叫《おたけ》びを上げながら、匕首を突き出してきた。

匕首を躱《かわ》し、相手の腕をつかんだ。そのままつかみ上げ、地に投げる。ぐっ、と呻《うめ》いた盗人は、気を失ってこそいないが、すぐには動けまい。

「さて、次だ」

もう一人のほうに向き直る。盗人は匕首を振り回して、将太を近寄らせない。

じりじりと下がっていく。まなざしがちらちらと動くのは、盾にするための女か子供を探しているのか。

将太は、腰から鞘《さや》ごと刀を抜いた。下緒で鍔《つば》を縛っているので、白刃《はくじん》を剝き出しにすることはできない。鞘を抜かないままの刀は、ずしりと重い。だが、将太は難なく構える。

「く、来るな！」

悲鳴じみた声で盗人が叫ぶ。匕首をやたらめったら振り回すが、将太は動じない。黒漆《くろうるし》塗《ぬ》りの鞘の鐺《こじり》を男に向け、まっすぐ迫っていく。

と、横合いから絶叫が聞こえた。一つではなく、二つ三つ折り重なっている。横目で確かめると、朱之進が刀を提げて立つそばに、盗人三人が転がっている。

将太と相対する盗人は、仲間の体《てい》たらくを目の当たりにし、あきらかに威勢が衰えた。それを見逃す将太ではない。

「えいッ！」

刀を低く構えると、相手の小手をめがけて打った。刀は、ぶん、と重々しい唸りを上げる。加減はしたつもりだが、盗人の手から匕首が吹っ飛んだ。

盗人は、打たれたあたりを押さえてうずくまった。ひょっとすると、手首の骨を折ってしまったか。あまりの痛みに身動きがとれないようだ。

先ほどまで世話になっていた船頭が、仲間とともにすっ飛んできた。

「ここはお任せを！」

舟をもやう要領で荒縄を盗人どもに掛け、たちまち縛り上げる。盗人どもは遅ればせながら暴れたが、荒縄がますます食い込むだけである。

将太は朱之進のほうへ駆け寄った。朱之進の刀に一筋、赤い血がしたたっている。いくぶん反りの強い刀は、そろそろ西へ傾いてきた日の光を浴び、華やかな刃文《はもん》まで、異様なほどにくっきりと輝いて見える。

地に転がった盗人たちは、全員が両方の太ももから血を流している。尻っ端折《しりぱしょ》りをした蔦風の男は、肌も傷も剝き出しだった。小さく深い傷は、刺突《しとつ》によるものだろう。

朱之進は刀を構え直した。その頰に笑みがある。

「次は右腕」

楽しそうにつぶやいたと思うと、何の躊躇《ちゅうちょ》もなく、手近な盗人の二の腕に切っ先を突き込む。盗人は泣き叫ぶ。

将太はぞっとした。

だ。

「な、何をしているんだ！」

「悪党に罰《ばつ》を。あなたもそのつもりで追ってきたのでしょう？」

朱之進は微笑んだまま平然と言ってのけた。将太は、朱之進の左腕をつかん

「よしてくれ。悪党に罰を与えるのは、奉行所の務めだ。俺たちのような者が勝手にやっていいものではない」

朱之進の腕には力が入っていなかった。将太の手を躱すことも払いのけることもできたはずなのに、黙ってつかまれている。

「なるほど。あなたはそんなふうに考えるわけですね。悪党が逃げるのを見たら真っ先に追いかける一方で、悪党が相手であっても痛めつけようとはしない」

朱之進のまなざしは、将太の刀に向けられている。下緒で縛られて鞘から抜けない刀だ。

村雨屋の主がみずから自身番に走り、目明かしを連れてきた。下っ引きらしき若者たちもいる。村雨屋の船頭たちは、朱之進に斬られて動けない盗人どもにも手際よく縄を掛けた。

あっという間の出来事だった。野次馬が集まってきているが、もうおしまい

か、と不満そうな声を上げている。

将太は、朱之進の腕を放した。

「失礼した。痛くはなかったか？　俺は力加減が苦手で、霖五郎さんの腕にもあざを作ってしまったことがあるんだ」

「痛かったり不快だったりすれば、触れられた途端に振り払っていますよ。あなたの手は、嫌な感じがしない。拙者のほうこそ、あなたの捕物における信念をからかうようなことを言ってしまい、失礼いたしました」

「いや、信念というほどのものでもないんです。ただ、血を見て驚いただけで」

朱之進は、ひゅっと刀の血振《ちぶ》りをし、眼前に白刃を掲げて傷や汚れの有無を確かめた。さりげなくも美しい所作に、つい目を惹かれてしまった。朱之進は、刀越しに将太を見つめ返した。

「いい刀でしょう？　戦国時代の終わり頃、冬広《ふゆひろ》という越前《えちぜん》の刀工が打った刀なんですよ。まるで源平合戦の頃の太刀のように反りが強く、切っ先にかけてほっそりとしているのが、実に優雅だ。おぼろ月を隠す雲のようにふわふわと乱れた刃文がまた、美しいでしょう？」

朱之進がえくぼのできる笑い方などするせいで、将太は困惑にとらわれた。やはり似ているのだ。理世が笑ったときの感じと似ている。

「俺は、刀にさほどのこだわりがないから、細かいところはわからない。だが、朱之進さんに似合いの刀だとは思う」

朱之進はいとおしげに刀に微笑みかけてから、将太の刀に目を落とした。

「なぜ鞘の中に閉じ込めたままにしておくのです？」

「俺が世話になっている道場の教えだ。むやみに人を傷つけたり、ましてや殺したりするために、剣術を修めているわけではない」

「拙者の刀によって悪党の血が流れるとしても、それは単なる結果ですよ。目的ではない。傷つけるため、殺すために振るう刀ではありません。こたびであれば、ひったくりの盗人を捕らえるために刀を振るい、結果としてあの者たちは刀傷を負った」

「だが、朱之進さんも楽しんでいるように見えた」

「刀が好きなもので。冬広を抜き放つときは、いつも心が浮き立ってしまうだけですよ」

縄をかけられた盗人どもは下っ引きに急《せ》かされ、無理やり立たされている。奪われた荷も目明かしが拾った。

霖五郎が駆けてきた。

「おお、早いな。もう一件落着か」

「おそらくは。荷を奪われたお婆さんは？」

「大した怪我はないようだ。腰を打ったと言っているのが少し心配だから、二、三日の間、顔を見に行こうかな。この近所の甘味茶屋、幸先屋《さいさきや》の大おかみなんだそうだ。深川芸者たちのお気に入りの店で、たいそう流行《はや》ってるんで、たちの悪い盗人に狙われちまったようだ」

霖五郎は話しながら、先ほどの老婆のほうへ足を向けた。将太が隣を歩き、少し遅れて朱之進もついてくる。

老婆はしゃんと立っていた。理世が老婆の着物の埃を払ったり、帯の歪《ゆが》みを直したり、何くれと世話を焼いている。吾平は、ぶちまけられてしまった小物の土汚れを、自分の手ぬぐいで落としてやっているところだった。

理世が将太に目を向けた。

「兄さま、怪我はなか？」

「こちらは大丈夫だ。俺も朱之進さんも。逃げた盗人は五人とも捕らえた。村雨屋の皆さんに手を貸してもらえたおかげだ」

老婆は将太を見上げ、朱之進を見上げて、くしゃくしゃに破顔《はがん》した。

「幸先屋の、さちと申します。このたびは盗人にひどい目に遭《あ》わされかけたところ、皆さんによってお助けいただきました。本当にありがとうございます。このお礼は必ずや、いたしますので」

将太は困った。

「いや、それほどのことは……」

だが霖五郎が将太を押しのけ、愛想よく笑って、おさちに応じた。

「それじゃあ、ぜひとも噂の茶屋で菓子を振る舞ってもらいたい。いやぁ、深川に越してきてからというもの、人気の店には足を運んでいるんだが、なかなか甘味茶屋でのんびりとはできずにいてな。男ひとりで甘いものを楽しみになど行くものではない、なんてことを叔父貴《おじき》に言われるんだ」

「殿方おひとりでいらっしゃっても、ようございますのに。こたび、ご縁ができましたから、ぜひとものんびりお越しくださいまし」

「ありがとう。てなわけで、店の場所を確かめたい。おさちさんよ、これから俺たちで店まで送っていくよ。ああ、俺たちは妙な組み合わせに見えるだろうが、学問好きの仲間なんだ」

「送っていただくなんて、そんな。目と鼻の先でございますよ。手の空いた者がいないんで、一人でちょいと出掛けられるくらいなんです」

「おお、近場なんだな。しかし、きれいな着物をまとったおなごが一人で大きな荷を抱えてお出掛けというのは、ちょいと危うい気がするぜ」

「きれいな着物のおなごだなんて。もう、お口が上手なんですねえ。年寄りのお出掛けに過ぎませんよ。村雨屋さんのお隣の仕出し屋の大おかみが腰を痛めたっきり立てなくなってるもんだから、日に一度は顔を見に行くんです。さっきは、その帰りでねぇ」

おさちはにこやかに、霖五郎に付き添われて歩きだした。傍らを、おさちの荷を持った吾平が行く。

霖五郎は笑顔に愛敬《あいきょう》があり、吾平はいかにも実直そうで、どちらも男前だ。しかも、二人とも将太のように厳めしいところがまったくないから、幼子から老婆まで、おなご受けがすこぶるよい。京でもよく見かけた光景だった。

理世が将太の袖を引いた。

「行きましょう、兄さま」

「ああ」

「兄さまは足が速かとね。それに、勇敢で。あっという間に盗人を倒してしまったでしょう？　おかげで、兄さまの戦いぶりを見逃がしてしまったとよ。ほんのちょっと目を離した隙に終わっとった」

「理世こそ勇敢だったぞ。誰より早く動いたじゃないか。おまえのおかげで、俺も走れたんだ。背中を押してくれてありがとう。大おかみさんの手当ても、よくできたな」

将太は、理世の頭に手を載せた。きれいに結った髷を壊してしまわないよう、そっと頭を撫でる。

理世は頬を桜色に染めて笑った。口元から八重歯《やえば》がのぞいた。

「兄さまに誉めてもらった。嬉しか」

隣を歩く将太にだけ聞こえるような、内緒話の声音だ。甘く響くその声に、将太は胸の内がくすぐったくなった。

霖五郎がくるりと振り向いた。

「なあ、将太。ちょいと教えてくれ。おまえさんのところの筆子と矢島道場の門下生を足したら幾人になる？」

「そんなこと、聞いてどうするんだ？」

「せっかくだから、おさちさんに頼んで菓子をこしらえてもらおうと思ってさ」

「かなり大所帯だぞ。霖五郎さん、いつもみやげを持ってきてばかりじゃないか。ありがたいが、さすがに申し訳ない。みやげがなくとも、筆子たちは霖五郎さんにおもしろい話を聞かせてもらうのを楽しみにしている」

おさちが将太を振り向き、なおさら太っ腹なことを言ってのけた。

「それでしたら、霖五郎さんではなく、あたくしがお届けいたしましょうね。育ち盛りの子供も、うんと汗をかく剣客も、ちょいと塩気を利かせた小豆餡《あずきあん》のお餅《もち》は、お好きでござんしょ？」

「ええ、確かに皆、喜んでくれそうですが」

「危ないところを助けてもらったんですもの。たんとお礼をさせてくださいまし」

将太は理世にちらりと目配せをすると、足を速めておさちに追いついた。申し訳ないと繰り返してみても、おさちも霖五郎も後に引く気配はない。結局、将太が折れることになる。

「かたじけない。でも、ありがとうございます。俺は飯でも菓子でも何でも、とにかく大食らいなんです。うまいものをいただけるとなると、胸が躍ります」

「あらあら、食べさせ甲斐がありますこと。それじゃ、明日にも作って本所の勇源堂へお届けしましょうかね」

「楽しみにしています」

正直なところを明かしてみると、おさちは顔をくしゃくしゃにして大笑いした。


理世は、少し離れたところから将太を見ていた。

将太は大きな体を折り曲げて、おさちにぺこりを頭を下げる。静かな表情で口をつぐんでいるときは、恐ろしいほど整った顔立ちのせいで怖い人のように見えてしまう。だが、生き生きと動く姿なら、怖いところなどまったくない。よく動く眉と唇と、くっきりと大きくてきらきらした目。張りのある大声は、いつも気持ちがよい。

さっき将太に撫でてもらった頭に、何となく触れる。びっくりするくらい大きな手は、温かくて優しかった。

幼子のように扱われるのは、理世が将太の妹だから。理世がそばに置いてもらえるのは、年頃の娘としてではなく、ただの妹として。

でも、だからこそ、これほどまでに大切に守ってもらえる。誰に対しても真摯《しんし》に向き合う将太が、ほんのわずかながら他人より気に掛けてくれる、特別な存在。それが、妹である理世なのだ。

「わたしは、兄さまの妹……」

わかりきったことを、ぽつりとつぶやく。

ひっそりと後ろをついてきていた朱之進が、すっと理世の隣に並んだ。

「仲のよい兄妹なのですね。あなたが大平家に入って、まだ日が浅いのでしょうに」

「去年の九月からですから、そろそろ一年になります。でも、ずっと前から将太兄上さまのことを知っていたように感じるんです。大平家に兄は三人いますが、将太兄上さまとは特に仲がいいんです」

「しかし、もともと長崎のお家に兄上はいなかったのですよね。急にできた兄で、しかも武家の男と馴染むのは、いささか骨が折れたでしょうに」

「武家の作法に慣れるのには、時がかかっています。でも、兄というものがいることには、すぐ慣れました。長崎の家にも男きょうだいがいましたから」

「弟御ですね。十ほど離れているのでしたか」

「はい」

答えてから、おや、と思った。朱之進は長崎の家の話を振ってきたが、舟の上では弟のことなど明かしていない。理世たちが合流する前に霖五郎から聞いたのだろうか。

朱之進は、唐突に、理世の頭上にそっと手を差し伸べた。

「櫛が少し歪んでいますよ」

理世はびくりとして目を見張った。朱之進の指先が理世の髪に触れ、櫛を直すように動いた。

「これでいい。驚かせましたか？」

「い、いえ……」

朱之進は美しい顔で微笑むと、止まっていた足を前へと動かした。すらりとした後ろ姿。

何者なのだろう、と理世は思った。将太が朱之進を警戒していたせいだ。確かに、姓を問うたときにごまかしたのは、理世にもわかった。「た」と言いかけた後、庭木の橘を目に留めて、橘朱之進と名乗ったのだ。

本当の姓が「た」から始まるのを、嘘で上書きした。そんなふうに見えた。

「姓が『た』から始まる、江戸の旗本……まさか。そげんはず、なか」

ささやいた理世に、前のほうから将太が声を掛けた。

「おおい！　歩みが遅れているようだが、何かあったのか？　理世、疲れたのか？」

理世は慌てて笑顔をつくった。

「何でもありません！　すぐに参ります！」

着物の前をつまんで裾を持ち上げると、理世は小走りに駆けだした。武家の娘らしからぬお転婆《てんば》、と言われてしまうだろうか。

だが、大好きな兄はにっこり笑って、理世を待っている。早く、早く兄のもとまでたどり着きたい。

「兄さま！」

理世は、立ち止まって振り向いた朱之進を追い越した。元気よく裾をからげ、将太に向かって駆けていく。

この作品は双葉文庫のために書き下ろされました。

双葉文庫

は-38-11

義妹《いもうと》にちょっかいは無用《むよう》にて❶

2023年10月11日　第1刷発行

【著者】
馳月基矢《はせつきもとや》

【発行者】
箕浦克史
【発行所】
株式会社双葉社
〒162-8540 東京都新宿区東五軒町3番28号
［電話］03-5261-4818(営業部)　03-5261-4833(編集部)
www.futabasha.co.jp(双葉社の書籍・コミックが買えます)
【印刷所】
中央精版印刷株式会社
【製本所】
中央精版印刷株式会社

【フォーマット・デザイン】
日下潤一

ISBN978-4-575-67179-7 C0193
Printed in Japan

馳月基矢《はせつきもとや》

拙者、妹がおりまして①

長編時代小説〈書き下ろし〉

学問優秀、剣の達者、弱点……妹⁉ 本所に住まう小普請組の兄妹を中心に、悩み深き若者たちの成長を爽やかに描く、青春シリーズ開幕！

馳月基矢《はせつきもとや》

拙者、妹がおりまして②

長編時代小説〈書き下ろし〉

おなごばかりを狙う女盗人が現れた。岡っ引きの山蔵親分から囮役を頼まれた千紘は危険な捕物に加わることになり——。シリーズ第2弾！

馳月基矢《はせつきもとや》

拙者、妹がおりまして③

長編時代小説〈書き下ろし〉

親友の龍治と妹の千紘の秘めた想いを知った勇実。思わぬ成り行きに戸惑うなか、白瀧家の屋敷に怪しい影が忍び寄る。シリーズ第3弾！

馳月基矢《はせつきもとや》

拙者、妹がおりまして④

長編時代小説〈書き下ろし〉

勇実とかつて恋仲だったという女が白瀧家を訪ねてきた。驚いた千紘はすげなく追い返してしまう。勇実の心は？ 人気時代シリーズ第4弾！

馳月基矢《はせつきもとや》

拙者、妹がおりまして⑤

長編時代小説〈書き下ろし〉

手負いの吉三郎は生きていた。復讐に利用するため、おえんに接近する。傷つきながら成長する「江戸の青春群像」時代小説、第5弾！

馳月基矢《はせつきもとや》

拙者、妹がおりまして⑥

長編時代小説〈書き下ろし〉

人生において、誰の手を取るのか。春を迎え、収録四話のすべてにそれぞれ違う恋の話が咲いています。絶好調書き下ろし時代シリーズ！

馳月基矢《はせつきもとや》

拙者、妹がおりまして⑦

長編時代小説〈書き下ろし〉

総勢8名で箱根に楽しい温泉旅～♪ と思ったらお山は何やら不穏な空気。怪盗・鼠小僧まで現れて一行は大捕物に巻き込まれた！

馳月基矢《はせつきもとや》
拙者、妹がおりまして⑧
長編時代小説〈書き下ろし〉
嵐で帰れなくなった勇実と菊香は船宿に泊まることに。二人の仲がこれで一気に深まるかと思いきや、その夜に事件が起きた！

馳月基矢《はせつきもとや》
拙者、妹がおりまして⑨
長編時代小説〈書き下ろし〉
大平家が養子をもらい、将太に突然妹ができた。そしてその妹にひと目惚れをしてしまった⁉ 好評時代シリーズ第9巻！

馳月基矢《はせつきもとや》
拙者、妹がおりまして⑩
長編時代小説〈書き下ろし〉
火牛党の襲撃で勇実が斬られて意識不明の状態が続く。菊香、千紘、龍治、琢馬、それぞれが深く思い定め——感動が押し寄せる最終巻！

築山　桂
緒方洪庵　浪華の事件帳〈新装版〉
禁書売り
長編時代小説
適塾を開き明治維新の立役者を数多く育てた緒方洪庵がまだ緒方章（あきら）だった若き頃。章は大坂の町で数々の難事件にでくわす。

築山　桂
緒方洪庵　浪華の事件帳〈新装版〉
北前船始末
長編時代小説
四天王寺の由緒ある楽人であり、陰で大坂の町を守る男装の麗人、東儀左近。北前船が運んできた欲得尽くの奸計に左近と章が立ち向かう。

築山　桂
左近　浪華の事件帳〈新装版〉
遠き祈り
長編時代小説
舞台化され人気を博した「緒方洪庵　浪華の事件帳」の姉妹編を熱いご要望にお応えして全二作復刻刊行！　シリーズ第1弾！

築山　桂
左近　浪華の事件帳〈新装版〉
闇の射手
長編時代小説
大坂の町を陰で守り続けてきた〈在天別流〉の姫、強く美しい東儀左近の活躍譚第2弾！　難事件と重大事実を前に、左近の心は揺れる。

築山 桂
左近 浪華の事件帳
影の泣く声
長編時代小説〈書き下ろし〉
四天王寺で左近は見知らぬ女性にすがりつかれる。大坂の守り神として、息子を轢き殺された無念を晴らしてほしいと。シリーズ第3弾！

築山 桂
左近 浪華の事件帳
眠れる名刀
長編時代小説〈書き下ろし〉
名刀「小竜景光」が奪われ、持ち主の庄屋は惨殺された。大坂を守る〈在天別流〉の姫・左近が賊を追う。快刀乱麻のシリーズ第4弾！

築山 桂
家請人克次事件帖〈新装版〉
夏しぐれ
長編時代小説
江戸の困窮者を助ける庶民のヒーロー、それが家請人。住み処を確保できない訳ありの者たちを信じて保証する。傑作が新装版で登場！

築山 桂
家請人克次事件帖〈新装版〉
冬の舟影
長編時代小説
江戸の町で続けざまに幼い娘のかどわかしが起きていた。心根やさしき元十手持ちの克次は、兄妹の絆に胸を打たれ、探索に乗り出す。

築山 桂
家請人克次事件帖〈新装版〉
春告げ鳥
長編時代小説
在方から江戸に出て懸命に働き、船宿の主となった男が妻子を残して首をくくった。その死を怪しみ、克次が追ったその先には。

築山 桂
家請人克次事件帖〈新装版〉
秋草の花
長編時代小説
克次の手下だった安五郎らが襲われ、かつての捕り物に恨みを持つ者の仕業と思われた。克次は同心に願い出て、捕物に加わる。

槇《まき》あおい
神田まないたお勝手帖
白星にぎり
あったか時代小説〈書き下ろし〉
飯屋「まないた」を父と切り盛りするおはる。あれこれ悩むたちだけど、亡き母に誓う明るい看板娘！ ほっこり新シリーズ！